KB045877

"저…… 저…… 저기……
이…… 이……
이이이이름……은……."
내 눈앞에 있던 것.
그것은 흠뻑 젖은 교복을 입었으며
키는 180cm가 족히 넘을 법한
여자였다.
kamiyama san no
Kamibukuro no
naka niha
카미야마의 종이봉투 속에는
1
Author
에노시마 아비스
Illustration
neropaso

아마노 하루사메
늘 마법 소녀 패널과 이야기를 나누는 츤데레 미소녀. 승부욕이 강하지만 외로움이 많다.
카미야마 사미다레
늘 종이봉투를 뒤집어쓰고 있는 글래머러스한 미소녀(?). 낯가림이 나아서 친구를 사귀길 바란다.

아라이 히나타
사교성이 좋으며
청초한 미소녀.
'교복'에 대해 이야기할 때만
모습이 이상하다.

아라이
'대화부'
여름합숙 개시

kamiyama san no
mibukuro no
naka niha
카미야마
의
Author
에노시마 아비스
Illustration
neropaso
1
MARKER
A6

커버 그림, 본문 일러스트 | **neropaso**

목차 1

■ 나는 오늘의 사건을 떠올린다

따스한 햇볕이 기분 좋은 봄날의 오후.

조금 전에 고등학교 입학식을 마친 나는 새 블레이저 차림으로 공원 벤치에 앉아 캔 주스를 마시고 있었다. 아무도 없는 조용한 공원에는 벚꽃이 만개했다. 아직 새 미끄럼틀이 봄날의 부드러운 햇살을 받아 빛났다. 따뜻한 봄바람이 내 뺨을 어루만지고, 팔랑팔랑 춤추는 벚꽃잎이 아름다워 보인다.

어디서 어떻게 보아도 평화로운 봄날 오후였다. 그렇다……. 우리를 제외하고는.

문득 옆으로 시선을 보내자 그곳에는 나와 마찬가지로 새 블레이저 교복을 입은 여고생이 앉아있었다.

———다른 사람의 눈에 우리는…… 연인으로 보일까?

이런 의문이 나의 뇌리에 떠올랐다. 하지만 그럴 일은 결단코 없다. 절대로 없다고 단언할 수 있다. 누가 어떻게 보아도 연인의 달콤한 한때로는 보이지 않을 것이다. 우리에게는 그렇게 새콤달콤한 의문이 끼어들 여지가 없었다.

그렇다면 우리는 다른 사람의 눈에 어떻게 보일까?

답은 이렇다.

커플로 보이지 않는다. 괴짜 집단으로는 보인다.

그것은 왜인가.

나는 옆에 앉은 여고생을 빤히 바라보았다.

여고생은 나와 같은 고등학교의 아직 새 교복을 입고 있었다. 회색 블레이저에 하얀 선이 들어간 치마, 안에는 하얀 와이셔츠. 학교에서 지정한 검은 로퍼에 복숭아뼈까지 오는 하얀 양말.

여기까지는 좋다.

그녀는 머리에 갈색 민무늬 종이봉투를 폭 뒤집어썼고, 종이봉투의 정면에는 손으로 찢은 듯한 구멍 두 개가 옆으로 나란히 뚫려 있었다. 아무래도 그 구멍으로 시야를 확보하는 모양이다.

갈색 종이봉투를 뒤집어쓴 여고생은 몸매는 가녀리지만 키는 180cm가 족히 넘어서 나란히 앉아있는데도 나와 머리 하나 정도 키 차이가 났다. 그리고 마치 교복 속에 멜론이라도 숨겨둔 것처럼 큰 가슴이 앞쪽에 달려 있었다.

더구나 이렇게 날씨가 좋은데 온몸에서 물이 떨어질 정도로 흠뻑 젖었다. 블레이저도, 그 밑에 입은 하얀 와이셔츠도. 치마와 신발, 양말까지도 축축하게 젖었다.

왜 그녀는 종이봉투를 쓰고 있느냐? 그것은 내가 묻고 싶다.

왜 그녀는 온몸이 흠뻑 젖었느냐? 그것도 내가 묻고 싶다.

그녀는 머리끝부터 발끝까지 온몸이 흠뻑 젖었고, 교복 재킷과 치맛자락에서는 물방울이 뚝뚝 떨어졌다. 물론 종이봉투도 젖어서 곳곳에 물이 배며 갈색이 진해졌다.

하지만 그녀는 그것을 전혀 신경 쓰지 않았다.

그리고 나로 말할 것 같으면. 그녀만큼은 아니지만, 온몸이 살짝 젖은 채 신발을 신고 있지 않았다. 발에는 양말만 신고 공원 벤치에 앉아있었다. 더구나 피로에 절어 썩은 동태 눈이었다.

아아, 왜 이렇게 되었더라……?

그녀를 보며 그런 생각을 하는데 갑자기 그녀는 내 시선을 알아챈 모양인지 마치 "제 얼굴에 뭐가 묻었나요?"라는 듯 고개를…… 아니, 종이봉투를 갸웃거렸다.

종이봉투에 뚫린 두 개의 구멍에서 검고 큰 눈동자가 나를 포착했다.

나는 뭐라고 대답하면 좋을지 몰라 그녀의 시선에서 도망치듯 종이봉투에서 얼굴을 돌리고 오늘의 사건을 떠올렸다.

카미야마와 입학 첫날

■ 코미나토 나미토는 카미야마를 만난다

이 시기가 되면 떠오르는 노래가 있다.

친구가 백 명 생길 수 있을까, 하는 장대한 가사의 곡이다. 귀차니스트인 내게 친구 백 명은 너무 많다. 절반인 50명도 많을 정도다. 10명…… 아니, 진정한 친구는 기껏해야 한둘, 최대 셋이면 충분하다. 하지만 한 명도 생기지 않으면 그건 그것대로 슬프다.

따라서 우선 고등학교에 들어가면 친구를 사귀자. 게다가…… 이성 친구도 생기면 좋겠다.

내 이름은 코미나토 나미토. 올봄에 중학교를 졸업하고 오늘 정식으로 고등학교에 입학한 고등학교 1학년이다. 조금 전에 나와 비슷한 신입생에게 둘러싸여 입학식을 마친 나는 우리 반인 1학년 1반에 앉아 있었다.

나는 모르는 사람으로 가득한 교실에서 창가에 있는 내 자리에 앉은 채 기대와 불안을 가득 품고 있었다. 활짝 열린 창문으로 들어온 바람에 교실의 커튼이 살랑살랑 춤추며 내 뺨을 어루만졌다.

지금은 첫 홈룸 시간을 앞둔 쉬는 시간. 교실에는 나와 마찬가지로 새 교복을 입은 남녀로 가득했다.

나는 내 자리에 앉은 채 교실을 둘러보았다.

학생 대부분은 나와 마찬가지로 자기 자리에 앉아 불편한 듯 주위를 두리번거렸다. 옆에 앉은 학생에게 말을 거는 이도 있지만, 들려오는 대화는 어색했다. 모두 모르는 사이이니 당연했다.

백 명의 친구는 바라지 않겠다. 우선은 한 명이라도 친구를 사귀어야 한다.

사이좋게 지낼 수 있는 사람은 있을까? 나도 저 아이들처럼 옆에 앉은 학생에게라도 적당히 말을 거는 게 좋을까?

아니, 잠깐만.

만약 옆에 앉은 게 이상한 녀석이라면 그 녀석과 친구가 되는 바람에 앞으로 시작될 나의 고교 생활이 캄캄해질 가능성도 있다. 중2병의 절정을 맞이한지라 자신을 마왕이라고 주장하거나, 내게 오늘부터 너를 마왕의 제1호 부하로 삼겠다! 하고 말하면 나는 앞으로 계속 마왕의 부하로서 고교 생활을 해야 할지도 모른다.

그런 일은 피하고 싶다. 나는 평범한 고교 생활을 보내고 싶다.

그러기 위해서는 지금 무엇을 해야만 할까?

분명 얼마 뒤 홈룸 시간이 시작되면 자기소개를 하게 될 것이다. 거기서 반 친구들의 자기소개를 쭉 들으면 취미가

맞을 법한 사람이나 친구가 될 수 있을 법한 사람도 찾을 수 있을 것이다. 반대로 피해야만 할 상대가 이 학급에 있다면 그것 또한 알 수 있을지도 모른다. 따라서 지금은 일단 선생님이 들어오실 때까지 기다리면 된다.

내가 그런 생각을 하며 내 자리에서 잠자코 있자 봄 햇살이 쏟아지는 교실에 젊은 여성 담임 선생님이 들어와 간결하게 자기소개를 마치고 출석을 부르더니 학생들에게 한 명씩 자기소개를 시켰다.

출석번호 1번이 그 자리에서 벌떡 일어나 이름과 어느 중학교를 졸업했는지 말한 뒤, 중학교 때까지는 야구부였습니다. 고등학교에서도 야구부에 들어갈 예정이니 야구부를 지망하는 사람이 있으면 친하게 지내요, 라고 말하며 소개를 마쳤다.

교실에서 짤막한 박수가 일었다.

무난했다. 실로 무난하고 평범한 자기소개였다.

———그리고 동시에 나는 알아챘다. 나는 무슨 말을 하면 좋을까…… 하고.

다른 친구들의 자기소개를 들을 마음이었는데, 사실 나도 이제부터 자기소개해야 하는 학생 중 한 명이었다.

이름과 졸업한 중학교는 말할 거고, 클럽활동부에 가입할 생각은 없으니 아까 그 학생처럼 그런 소재는 쓸 수 없다. 그럼 나는 무슨 이야기를 하면 좋지? 이상한 놈으로 찍히지 않기 위해 뭔가 무난하고 괜찮은 소재가 없을까?

나는 창밖으로 시선을 보내고 만개한 벚꽃을 바라보며 어떤 내용으로 자기소개를 할지 필사적으로 생각했다. 하지만——— 실패했다. 아무것도 떠오르지 않았다.

이러는 사이에 자기소개 순서는 척척 진행되어 마침내 내 앞자리까지 오고 말았다. 앞자리의 여학생이 일어섰다.

큰일 났다. 무슨 말을 할지 필사적으로 생각하느라 흘려듣고 있었다.

이렇게 되었으니 이 여학생의 자기소개를 흉내 내어 비슷하게 말하자. 부디 내가 흉내 낼 수 있을 법한 자기소개를 해주길. 부탁한다!

내가 기도하듯 눈을 감은 채 귀에 온 신경을 집중시켰고, 교실 안의 모두가 주목하는 가운데 앞자리 여학생의 자기소개가 시작되었다……. 그런데.

"저…… 저기…… 저기……."

아무래도 모습이 이상했다. 주목받아 긴장이라도 한 걸까?

게다가 어쩐지 교실이 소란스러웠다.

담임 선생님이 그녀의 긴장을 풀어주고자 부드럽게 재촉했다.

"카미야마 사미다레…… 맞지? 진정하고 천천히 해도 되니 자기소개를 해볼까?"

"저…… 저…… 저기…… 이…… 이…… 이이이이름……

은…….”

아무래도 상당히 긴장한 모양이다.

나는 앞자리의 여학생이 어떤 사람인지 궁금해서 눈을 떴다.

그 순간, 나의 뺨에 물방울이 뚝 떨어졌다.

아무리 창가 자리라지만, 교실 안에 들이칠 정도로 거센 비는 내리지 않을 터였다. 그렇다면 내 뺨에 닿은 것은 대체 뭐지?

그 의문은 금세 해소되었다.

내 눈앞에 있던 것. 그것은 흠뻑 젖은 교복을 입었으며 키는 180cm가 족히 넘을 법한 여자였다. 흠뻑 젖은 그녀의 교복에서 튄 물방울이 내 얼굴에 떨어진 것이다.

키는 일반적인 여자보다 머리 한두 개는 더 컸고 가슴도 컸다. 무지막지하게 컸다. 옷 속에 멜론이라도 숨겼나 싶을 정도였다.

체형은 굳이 말하자면 날씬한 편이지만, 가슴과 엉덩이가 믿을 수 없을 정도로 컸다.

그라비아 아이돌의 키와 가슴과 엉덩이만을 억지로 확대 복사한 듯한 몸을 가진 여자가 내 눈앞에서 내게 커다란 엉덩이를 향한 채 자기소개를 하고 있었다.

그녀의 치맛자락에서 떨어진 물 한 방울이 교실 바닥에 떨어졌다.

"저기…… 카…… 카카카카카미……야……마……."

다양한 부분이 큰 여자는 필사적으로 입을 열려 했지만, 좀처럼 목소리가 나오지 않는 모양이었다.

교복에서 떨어진 물은 그녀가 필사적일수록 떨어지는 속도를 높여갔다. 나무로 만든 교실 바닥이 그녀의 발밑만 축축하게 젖어 색이 진해졌다. 방금 막 교복을 입은 채 샤워를 했다고 말해도 믿을 정도로 온몸에서 물이 떨어졌다. 이거 혹시…… 땀……인가?

이상한 양상을 보이는 여고생 때문에 교실 안이 웅성거렸다. 하지만 교실 안이 웅성거린 데는 그 밖에도 이유가 있었다.

그녀는 온몸에서 이상하리만큼 땀을 흘렸지만, 가장 이상한 것은 그녀의 머리였다.

그녀는 머리에 갈색 종이봉투를 폭 뒤집어쓰고 있었다. 얼굴의 정면에 딱 눈이 있는 부분에만 찢은 듯한 구멍 두 개가 뚫려 있었다.

종이봉투와 목의 사이에서 어깨까지 뻗은 세미롱 헤어가 삐져나왔고, 검고 찰랑거리는 머리카락 끝에서 땀이 뚝뚝 떨어져 발밑의 바닥 색깔을 점점 진하게 만들었다.

"저저저저…… 저기…… 그러……니까……."

이름이 카미야마인 모양인 여자는 더욱 횡설수설했다. 담임 선생님이 재차 천천히, 이번에는 어린아이를 달래듯

타일렀다.

"카미야마, 이름은 말할 수 있겠니? 그리고 그 종이봉투는…… 벗는 게 좋겠구나……."

그 말을 들은 카미야마는 온몸을 딱딱하게 경직시키더니 뒤집혔다 말았다 하는 이상한 억양의 목소리로 외쳤다.

"죄죄죄죄죄! 죄송해요……. 하지만…… 부…… 부…… 부끄러워서 종이봉투는 못 벗어요!"

교실 안에 침묵이 감돌았다.

아무래도 다들 '그녀는 건드려서는 안 되는 인간이다'……라고 판단한 것 같았다.

나 역시 그렇게 생각했다.

얼굴을 가리기 위해 모자나 선글라스를 착용하는 사람은 있지만, 종이봉투를 뒤집어쓰면서까지 가리려 하는 녀석은 처음 봤다. 담임 선생님은 여전히 굳어 있었다.

모두의 앞에서 일어선 상태여서인지, 아니면 익숙지 않은 자기소개 때문인지, 카미야마의 치맛자락에서 떨어진 땀방울이 커졌다. 그와 함께 그녀가 디딘 바닥의 색깔도 더욱더 진해졌고, 지금은 내 발밑까지 진한 갈색으로 물들어갔다.

얼른 손을 쓰지 않으면 카미야마의 땀에 익사할지도 모르겠다. 아니, 그건 과장이지만, 자리가 가깝다는 이유로 내가 이 땀을 함께 청소하게 될지도 모른다.

중요한 입학 첫날이니 그렇게 눈에 띄는 일은 피하고 싶었다.

나는 고요해진 교실에서 벌떡 일어나 담임 선생님에게 말했다.

“저기…… 선생님, 카미야마가 당황한 모양이니 다음으로 넘어가도 될까요? 괜찮겠죠? 저는 코미나토 나미토라고 합니다. 중학교는———.”

나는 이름과 졸업한 중학교만을 재빨리 말하고 자리에 앉았다.

분명 내가 뭐라고 자기소개를 했는지는 아무도 듣지 않았으리라. 이야깃거리가 없었으니 마침 잘됐는지도 모르겠다.

내가 자기소개를 하자 젊은 여자 담임 선생님은 제정신을 차렸다.

“아? 응? 아…… 코미나토구나. 고마워. 그, 그럼 다음 사람.”

담임 선생님의 재촉에 내 다음 차례인 학생이 자기소개를 시작했다.

가까스로 자신의 순서가 끝난 것을 알아챘는지 선 채로 굳어 있던 카미야마도 마침내 앉았다. 그녀의 의자에 엉덩이가 닿는 순간, 희미하게 질척거리는 소리가 났다.

대체 땀을 얼마나 흘린 거지……?

내가 재차 창밖을 바라보고자 밖으로 시선을 보내려는데 카미야마가 갑자기 돌아보며 내 쪽에 얼굴을…… 아니, 종이봉투를 향했다.

둘 다 앉은 상태였지만, 그런데도 내가 올려다볼 정도로 컸다. 엄청 컸다. 종이봉투도 포함하면 2m쯤 되는 게 아닐까?

종이봉투에 뚫린 두 개의 구멍에서 동그랗고 큰 눈동자가 나를 포착했다.

"저저저저저저저저기……."

저기…… 다음에 뭐라고 말하기는 했지만 알아듣지 못했다.

"응? 뭐라고?"

"저기…… 아아아아까는 고마고마고마웠어요……. 덕분에 살았어요……."

카미야마는 뒤집혔다 말았다 하는 목소리로 감사 인사를 하더니 갑자기 긴 팔을 뻗어 내 손을 꽉 잡은 뒤 재빨리 다시 앞을 보았다.

위험한 여자와 알게 되었는지도 모르겠다…….

나는 땀이 흥건히 묻은 손을 멍하니 바라보며 앞으로의 고교 생활에 대해 생각했다.

■ 카미야마에게 누군가 말을 걸다

드디어 모두의 자기소개가 끝나고 다음 홈룸 시간을 앞둔 쉬는 시간. 반 친구들은 이래저래 바삐 새로운 반에 적응하기 위해 여기저기서 소규모의 무리를 이루어 대화에 힘썼다.

한편 나는 아까 카미야마의 일로 피로가 우르르 몰려들어 내 자리에서 홀로 목적도 없이 스마트폰을 만지고 있었다.

사방에서 이쪽을 힐끔힐끔 보는 시선이 느껴졌지만, 그것은 분명 내 앞에 앉은 여자에게 보내는 것이리라. 시선의 장본인인 카미야마는 앉은 자세로 미동도 하지 않았다.

자세히 보니 종이봉투도 땀으로 젖어서 곳곳의 갈색이 진해져 있었다.

그런 카미야마에게 말을 거는 여자가 있었다.

"카미야마, 잠깐 괜찮아?"

나는 카미야마에게 말을 건 여자 쪽을 보았다.

카미야마의 옆에 서서 활짝 웃으며 말을 건 사람은 곧은 흑발에 이목구비가 또렷한 정통파 미소녀였다. 키는 주위 여자들에 비해 크지도 작지도 않은 평균이었다. 새 교복을 교칙에 따라 잘 갖춰 입었고, 적당히 큰 가슴이 몸의 앞쪽에 달려 있었다.

미인이기는 하지만 미인 특유의 냉랭함은 전혀 없고 다정하게 방긋거리는 미소가 인상적인 여자였다. 문득 깨닫고 보면 주위에서 부탁이 빗발칠 듯하며 반장으로 뽑힐 법한 유형으로 보였다.

카미야마는 그 여자 쪽으로 얼굴을…… 정확히는 종이봉투를 향했다. 반장(가정)은 카미야마의 땀에도 머리에 쓴 종이봉투에도 동요하지 않고 방긋방긋 부드럽게 미소 지으며 말했다.

"카미야마 사미다레…… 맞지? 나는 아라이 히나타야. 괜찮으면 저쪽에서 모두와 이야기하지 않을래?"

아라이가 가리킨 쪽에는 몇 명의 여자가 모여 이쪽을 보고 있었다.

아라이는 그 겉모습처럼 성실하고 좋은 사람일 것이다. 자상한 면모 때문인지, 아니면 아무 근거도 없는 책임감 때문인지 카미야마가 학급 집단에 녹아들지 못할 듯하여 말을 걸었으리라.

나는 카미야마가 어떻게 대응할지 궁금해서 한 손으로 스마트폰을 들고 다른 한 손을 책상 앞에 대롱대롱 늘어뜨린 채 시선만으로 카미야마를 좇았다.

카미야마는 자신의 자리에 앉은 채 종이봉투를 아라이 쪽으로 향하더니 종이봉투 속에서 떨리는 목소리를 냈다.

"저…… 저…… 저기…… 이야기……요? 저는…… 말주변이 어어어없어서……."

"괜찮아, 카미야마. 나도 말주변이 없지만 다 같이 이야기 나누면 즐거워. 기껏 같은 반이 되었으니 같이 이야기하자. 응?"

"하…… 하하하하하지만…… 저기……."

늘씬하고 긴 팔을 몸 앞에서 붕붕 흔들며 거절하는 카미야마와 그것에 뒤지지 않고 웃으며 권유를 계속하는 아라이.

머리에 종이봉투를 뒤집어쓰고, 온몸이 흠뻑 젖었으며, 아까 홈룸 시간에는 학급의 주목을 단번에 모은 카미야마는 지금 이렇게 내가 보는 동안에도 점점 머리에 쓴 종이봉투의 색깔이 진해졌다. 얼굴의 땀이 종이봉투에 밴 것이다.

주위의 바닥에는 수많은 물방울이 떨어져 있었다.

아무리 아라이가 성실하고 자상하대도 이런 카미야마를 무리로 끌어들이기는 대단히 힘들어 보였다.

게다가———.

나는 아까 아라이가 가리킨 여자 무리 쪽을 힐끗 보았다.

그곳에서는 형언할 수 없는 표정을 지은 여자들 몇 명이 이쪽의 동향을 살피고 있었다. 모두 하나같이 굳은 미소…… 아니, 내면에 품은 불안을 어떻게든 억누르려는 듯 미소인지 불안한 표정인지 알 수 없는 얼굴로 이쪽을 보고 있었다.

나는…… 여자애들이 이렇게 복잡한 표정을 짓는 건 처음 보았다.

권유는 적당히 하고 저 녀석들에게 돌아가는 게 좋지 않을까?

그런 생각을 하며 눈앞에서 펼쳐지는 카미야마와 아라이의 대화에 귀를 기울였다. 두 사람의 결말이 어떻게 될지 궁금했다.

"이야기하지 못해도 괜찮아."

"하지만…… 정말로 저는…… 말주변이 없어서……."

"괜찮대도. 가자. 응? 아…… 카미야마. 교복 리본이 풀렸어. 묶어줄게."

내가 카미야마의 목덜미에 눈길을 보내자 확실히 리본이 축 늘어져 있었다.

아까 양손을 붕붕 저었을 때 풀렸으리라. 리본 끝에서는 땀이 뚝뚝 떨어지고 있었다.

아라이는 그렇게 말하더니 카미야마의 옷깃으로 손을 뻗어 젖은 리본을 잡고 방긋방긋 밝은 미소를 지은 채 재빨리 리본을 묶어주었다.

스마트폰을 만지는 척을 하며 한 손을 책상 앞쪽에 대롱대롱 늘어뜨린 채 두 사람의 모습을 멍하니 보던 나는 이후에 아라이가 한 말에 귀를 의심했다.

"잘 들어. 카미야마. 교복은 이렇게 잘 입어야 해. 우리는 고등학생으로서 앞으로 3년 동안 이 교복을 입게 되잖아? 고등학생이라면 고등학생답게 교복을 제대로 입어야지. 고등학생이니까. 게다가 그러지 않으면 교복에게도 실례야. 그래, 교복에게는 매일 밥을 잘 챙겨주고 있어? 게다가 아침저녁으로 최소 두 번은 산책을 가야 해……. 아, 내 이 교복 말인데———."

잠깐 기다려. 방금 그건 뭐지?

교복에게 밥? 산책? 이 반장 같은 여자는 대체 무슨 말을 하는 거야?

내가 놀란 얼굴을 아라이 쪽으로 향하자 지금까지 카미야마와 마주하던 아라이의 얼굴이 갑자기 이쪽으로 향하더니 나와 눈이 딱 마주쳤다.

"왜? 그러니까…… 코미나토…… 맞지? 무슨 일이야?"

갑자기 내게 말을 걸어서 횡설수설하면서도 대답했다.

"아…… 아니, 그게…… 지금 이상한 말을 한 것 같아서. 교복에게 밥이라니…… 아하하, 기분 탓이겠지?"

내가 그렇게 말하자 아라이는 태연히 말했다.

"아, 기분 탓이 아니야, 코미나토. 네 교복은 어떤 밥을 좋아해? 그래, 너도 괜찮다면 저쪽에서 모두와 함께 교복 이야기를 하지 않을래?"

매우 심오했다.

"아…… 저기…… 내 교복은 아마 밥을 먹지 않는 유형

일 거야…….”

내가 겨우 그렇게 대답하자, 곤혹스러운 내 말을 들은 아라이는 무언가를 알아챈 듯한 표정을 짓더니 조금 쑥스러운 듯한 얼굴로 입을 열었다.

“아, 아니야. 교복에게 밥을 준다는 건 그런 뜻이 아니야. 올이 풀리면 어떤 소재의 실로 수선하냐는 식의 이야기야. 오해를 살 만한 표현을 해서 미안해.”

아라이는 그렇게 말하더니 자신의 머리를 콩 때리는 시늉을 했다.

뭐야? 그런 거였어? 나는 안도하며 아라이에게 대답했다.

“아아, 다행이다. 밥이니 산책이니 이상한 소리를 한다 했어. 나 참. 교복이 산책을 하다니 이상하잖아. 아하하.”

“산책은 하는데?”

“응?”

“응?”

우리 사이에 이상한 침묵이 흘렀다.

눈앞에서는 아라이가 나를 향해 방긋방긋 웃고 있었다.

우리의 대화를 들은 카미야마가 동요했다.

멀리서는 여자들이 더욱 불안한 표정으로 이쪽의 동향을 살피고 있었다.

이번에는 또 무슨 의미일까……?

내가 입을 뻐끔거리며 말을 고르자 아라이가 침묵을 깼다.

"그래, 모두와 교복 산책 이야기라도 하자. 너도, 카미야마도. 자, 저쪽에서 모두 기다리고 있어."

적어도 그녀들은 교복 산책 이야기를 기다리지는 않을 텐데…….

아라이는 그렇게 말하자마자 카미야마의 손을 당기며 재촉하듯 자리에서 일으켜 세우려 했다.

갑자기 손을 잡자 놀랐는지 카미야마는 그 자리에서 기세 좋게 벌떡 일어났다.

너무 벌떡 일어났는지 반동으로 의자가 이쪽으로 쓰러졌다. 책상 너머로 대롱대롱 내민 내 손에 카미야마가 쓰러뜨린 의자가 부딪쳤다.

"아야야……."

그렇게 아프지는 않았지만, 나도 모르게 목소리가 나왔다. 내 목소리를 들었는지 카미야마는 엄청난 기세로 홱 돌아보더니 종이봉투 안에서 뒤집혔다 말았다, 높아졌다 낮아졌다, 억양이 이상한 목소리를 냈다.

"미미미미미미……! 미안해요!"

내게 여러 차례 머리를 숙였다.

종이봉투를 포함하면 키가 2m는 될 법한 카미야마가 붕붕 맹렬한 속도로 허리를 구부렸고 그 강렬한 풍압이 내 앞머리를 흔들었다.

내 뺨에 종이봉투 끝에서 날아온 땀이 철썩 달라붙었다.

나는 황급히 대답했다.

"아아, 아니야. 별거 아."

별거 아닌걸. 내가 그렇게 말을 맺기도 전에 카미야마는 또 종이봉투 안에서 큰 소리를 냈다.

"지금 당장 보건실에 가가가가가야 해요!"

카미야마는 그렇게 외치더니 긴 팔을 뻗어 나의 목덜미를 잡았다. 엄청난 그 속도에 나는 저항할 새도 없이 번쩍 들렸다. 나는 순식간에 카미야마의 어깨에 들쳐 업혔다. 물론 카미야마의 어깨는 땀으로 흠뻑 젖어있었다.

아까까지 시끌벅적하던 교실이 단숨에 조용해지며 교실 안의 모든 시선이 나와 카미야마에게 집중되었다. 카미야마는 그런 것은 개의치 않고 나를 어깨에 짊어진 채 교실 문을 걷어차고 복도로 뛰쳐나갔다.

나는 황급히 외쳤다.

"잠깐 기다려, 카미야마! 저기, 난 괜찮아!"

나는 땀으로 흠뻑 젖은 카미야마의 어깨에 필사적으로 매달리며 외쳤지만, 카미야마의 귀에는 들리지 않은 모양이었다.

나는 180cm가 족히 넘는 키에 종이봉투를 뒤집어쓴 여자에게 들쳐 업힌 채 오늘 갓 입학한 고등학교의 복도를 맹렬한 속도로 이동했다.

흠뻑 젖은 어깨에 매달린 나는 떨어지지 않고자 필사적

이었다.

뒤에서는 아라이의 "다음에 교복 산책 이야기를 하자~!" 하는 목소리가 들렸지만, 기분 탓이기를 바랐다.

■ 카미야마는 전력질주한다

“잠깐, 카미야마!”

“말하면 위험해요……! 잠시 입 다물고 있어요!”

나를 들고 땀으로 흠뻑 젖은 종이봉투를 뒤집어쓴 채 복도를 전력으로 질주하는 여고생, 카미야마 사미다레.

그녀가 지나간 곳에는 마치 거대한 수생생물이 이동한 듯 질퍽한 흔적이 남았다. 갓파냐? 나는 그렇게 생각했다.

아니, 그런 생각을 할 때가 아니다.

“카미야마! 저기…… 난 정말 괜찮아!”

“하지만…… 하지만, 제대로…… 치료해야 해해……요!”

카미야마의 종이봉투는 이미 흠뻑 젖은 상태였다. 카미야마가 말할 때마다 입 부분에 종이봉투가 달라붙어 상당히 말하기 힘들 듯했다. 이런 종이봉투는 벗어버리지.

“저기…… 카미야마? 그 종이봉투를 벗는 게 어때? 말하기 힘들지 않아?”

“……!”

카미야마는 몸이 움찔 굳더니 큰소리로 외쳤다.

“이건 못 벗어요! 부끄러워요!”

종이봉투를 뒤집어쓴 게 더 부끄러운 건 내 기분 탓일까?

카미야마는 한층 더 속도를 올렸다. 지나가는 학생이 모두 입을 떡 벌리고 이쪽을 보는 모습은 어떤 의미로 장관이었다.

보건실에 도착할 때까지만 참자…….

나는 떨어지지 않도록 필사적으로 카미야마의 어깨와 팔에 매달렸지만, 카미야마의 몸은 땀에 젖어서 잡기가 매우 힘들었다.

얼마 뒤.

"카미야마…… 카미야마."

"……."

아무리 말을 걸어도 대답이 없었다.

카미야마는 연달아 주위를 둘러보더니 어깨를 들썩여 숨 쉬며 종이봉투를 좌우로 흔들었다. 그 어깨 위에 있는 나도 카미야마의 거친 호흡에 맞추어 위아래로 흔들렸다. 이것은 대체 무슨 놀이기구란 말인가.

정신을 차리고 보니 우리는 체육관 뒤에 와 있었다. 보건실을 찾아 학교 안을 끌려다닌 끝에 어느샌가 이런 곳까지 오게 된 모양이었다.

"……길을 잃었어요……."

카미야마가 툭 내뱉었다.

나는 곤란해하는 카미야마를 되도록 자극하지 않도록

최대한 침착한 목소리를 냈다.

"저…… 저기, 이제 손은 아프지 않은 것 같으니 내려줄래? 정말로 이제 괜찮아."

"아…… 알겠어요."

카미야마는 그렇게 말하고 어깨에 짊어진 나를 땅바닥에 훌쩍 내려놓았다.

땅바닥에 내려선 나는 눈앞의 카미야마를 올려다보았다. 새삼 눈앞에서 보자 컸다. 나는 별로 키가 큰 편이 아닌데, 머리 하나 정도는 차이가 나지 않을까?

체형은 오히려 가녀린 편일 것이다. 허리와 발목도 가늘고. 대신 멜론 같은 가슴이 몸 앞쪽에 두 개 달려 있었다.

카미야마의 교복에서는 대량의 땀이 떨어져, 아까 교실에서 그랬듯 발밑의 땅바닥 색깔을 짙게 물들였다.

나도 아까까지 카미야마에게 들려 있던 덕분에 교복이 흠뻑 젖었다.

나는 흠뻑 젖은 교복 차림으로 주뼛거리는 카미야마에게 말을 걸었다.

"저기, 카미야마. 교실로 돌아갈까? 계속 여기 있어봤자 소용없잖아."

"……."

카미야마는 말 대신 머뭇거리며 종이봉투를 위아래로 끄덕였다.

이미 종이봉투는 땀으로 흠뻑 젖어서 마치 종이로 만든 복면 같았다. 곳곳이 카미야마의 땀으로 망가져 얼굴의 윤곽을 따라 달라붙기 시작했는데, 이대로 공포 영화에 출연해도 될 것 같았다.

그런데 종이봉투가 이렇게 얼굴에 달라붙어도 숨을 쉴 수 있나?

내가 그런 생각을 하는데 카미야마가 잘게 떨기 시작했다. 입 주위를 압박당해 괴로워하는 듯이 보였다.

역시 숨을 못 쉬는 게 아닐까?

내가 카미야마의 종이봉투를 벗겨주고자 손을 뻗자 카미야마는 갑자기 내게 등을 졌다. 그리고 땀으로 젖어서 흐물흐물해진 종이봉투를 갑자기 양손으로 찢었다.

흠뻑 젖은 흑발이 드러났다. 땀으로 흠뻑 젖은 흑발에 봄 햇살이 반짝반짝 반사되었다.

멍하니 보던 내 앞에서 카미야마는 치마 주머니에 손을 넣어 비닐봉지를 꺼내더니 엄청난 속도로 안에서 깔끔하게 접힌 새 갈색 종이봉투를 꺼냈다. 그리고 갈색 민무늬 종이봉투를 매끄러운 동작으로 펴서 머리에 쓰더니 익숙한 손놀림으로 종이봉투 앞면을 동그랗게 뜯어내어 눈 부분에 두 개의 구멍을 뚫었다.

"……후…… 죽을 뻔했네요……."

카미야마는 새 종이봉투를 머리에 뒤집어쓰고 안도했다.

나는 새 종이봉투를 장착하고 안심하는 카미야마에게 질문했다.

"카미야마…… 늘 예비 종이봉투를 갖고 다녀……?"

"……네……. 저는 긴장하면 바로 땀이 나서…… 금세 이렇게 못 쓰게 되거든요……."

카미야마는 부끄러운 듯 머뭇머뭇 대답했다. 나는 부끄러운 듯 몸을 배배 꼬는 카미야마에게 하나 더 질문했다.

"그건 찢지 않으면 안 돼?"

"네, 찢지 않으면 안 돼요!"

카미야마는 이번엔 단호하게 대답했다. 너무나도 당당한 대답에 나는 더 이상 아무 말도 할 수 없었다.

따뜻한 봄바람이 우리 사이를 지나갔다.

■ 카미야마는 숨 쉴 수 없다

조용한 교실 안에 드르륵 문을 여는 소리가 울려 퍼졌고, 홈룸 시간인 교실 안의 모든 시선이 교실 입구에 모였다.

그곳에는 흠뻑 젖은 나와 나보다 더 흠뻑 젖은, 폭포수라도 맞은 듯 땀을 흘린 카미야마가 있었다.

나는 어안이 벙벙한 담임 선생님께 사정을 설명했다.

"죄송합니다. 보건실에 다녀왔어요. 어딘지 몰라서 늦었습니다."

카미야마도 내게 맞추어 무슨 말을 해야겠다고 생각했는지 내 뒤에서 목소리가 들렸다.

"죄죄죄죄죄송하하하합니다! 보건보건실에 다녀다녀다녀왔어요!"

침묵. 교실 안의 모두도, 담임 선생님조차도 아무 말 없이 다만 조용히 우리 쪽을 보았다.

이런 고요함은 처음일지도 모르겠다고 생각하며 내 자리로 향했다.

걸어가는 나를 보고 선생님은 아무것도 보지 못한 듯 홈룸을 재개했다. 카미야마뿐만 아니라 나도 성가신 학생으로 인식된 것일까?

입학 첫날부터 엄청난 재난에 휘말렸다.

카미야마도 오른손과 오른발을 동시에 내미는 걸음걸이로 내 앞자리에 앉았다. 물론 걸어간 뒤에는 땀의 흔적이 남았다.

교단에서는 담임 선생님이 학교에 관해 설명하고 계셨다. 문득 내 앞으로 시선을 보내자 함께 돌아온 카미야마가 잘게 떨었다. 자세히 보니 머리에 뒤집어쓴 종이봉투가 또 흠뻑 젖어있었다. 아까 예비 봉투로 교체했는데 왜지?

나는 그 이유를 추측했지만, 생각할 것까지도 없이 답은 금방 나왔다.

아마 아까 반 친구들의 시선이 모이자 긴장하여 또 대량의 땀을 흘렸을 것이다.

그렇다면 얼른 또 예비 봉투로 교체하면 될 텐데.

하지만 카미야마는 전혀 움직이려 하지 않았다. 신경이 쓰인 나는 작은 목소리로 카미야마의 뒤통수에 질문을 던졌다.

"카미야마, 종이봉투 안 바꿔? 답답하지 않아?"

카미야마는 내 목소리에 반응하여 움찔한 뒤, 목…… 아니, 머리…… 아니, 젖은 종이봉투를 붕붕 위아래로 흔들었다. 또 내 얼굴에 카미야마의 땀이 튀었다. 그리고 그 뒤, 이번에는 종이봉투를 옆으로 저었다. 뭐지? 나는 재차 물어보기로 했다.

"카미야마…… 혹시 종이봉투를 바꿀 수가 없어?"

이번에는 종이봉투를 가로저었다. 나는 질문을 이어갔다.

"예비 봉투가 없다……거나?"

이 질문에 카미야마는 종이봉투를 가로저었다. 예비 봉투는 있는 모양이다.

그렇다면 왜 바꾸지 않는 걸까? 이대로라면 죽는 게 아닐까?

예비 봉투는 있는데 바꿀 수 없는 이유가 뭘까……? 그렇게 생각하다 이내 한 가지 답에 다다랐다.

"바꾸지 못하는 이유는 혹시 반 친구들 앞에서 얼굴을 드러내기가 부끄럽다……거나?"

붕붕붕! 하고 이번에는 엄청난 기세로 고개를 끄덕였다.

부끄럼도 이만하면 참 대단하다. 정말…… 아주 대단하다.

아니지, 아니, 아니야! 감탄할 때가 아니다!

담임 선생님도 반 친구들도 이쪽을 보려고도 않는다.

아까까지 잘게 떨던 카미야마는 이미 꿈쩍도 하지 않았다. 종이봉투의 끝에서 보이는 목의 색깔이 새빨개졌다.

나는 뭔가 대신할 수 있는 게 없을지 내 책가방을 황급히 뒤졌다. 그러자 그곳에는 필기 용품과 학교 안내지에 뒤섞여 커다란 종이봉투 한 장이 들어있었다. 이 가방을 샀을 때 담아준 종이봉투였다. 나중에 버리려다 결국 귀찮아서 여기에 넣어둔 채 방치한 것이다.

나는 카미야마가 쓰고 있는 종이봉투보다 훨씬 큰 종이봉투를 가방에서 꺼내어 크게 펼쳤다. 하지만 이것을 어떻게 그녀에게 씌우면 좋을까? 내가 망설이며 일단 카미야마 쪽을 보자 카미야마의 목은 붉은빛을 넘어 새하얘진 상태였다.

큰일 났다. 이대로라면 죽는다.

생각에 앞서 몸이 움직였다.

나는 내 종이봉투를 카미야마의 축축한 종이봉투 위에 뒤집어씌우고 빈사 상태의 카미야마에게 들리도록 크게 외쳤다.

"카미야마! 지금이야! 안에 손을 넣고 찢어!"

"……!"

카미야마는 내가 씌운 커다란 종이봉투 속에 양손을 찔러넣고 지금까지 쓰고 있던 갈색 종이봉투를 얼굴에서 제거했다.

"헉…… 헉…… 고고고고고마맙습니니니니다!"

카미야마는 내 쪽으로 몸을 돌리고 가방 가게 로고가 인쇄된 종이봉투를 꾸벅 숙였다. 그리고 익숙한 손놀림으로 능숙하게 눈 부분을 찢어 구멍을 뚫더니 안도한 듯 앞을 보았다.

감사 인사는 됐고, 카미야마…… 또 모두가 네게 주목하고 있어…….

분명 이후에 그것을 알아챈 카미야마는 아까와 마찬가지로 많은 땀을 흘리지 않을까? 지금 쓴 종이봉투도 망가질 정도로…….

나는 내 가방을 다시 한번 뒤져서 종이봉투가 한 장 더 없는지 확인했지만, 여분은 없었다.

선생님, 홈룸 시간을 얼른 끝내지 않으면 사망자가 발생할 거예요.

나는 마음속으로 그렇게 중얼거렸다.

■ 카미야마는 감사 인사를 하고 싶다

"자, 그럼 홈룸 시간은 여기까지입니다. 내일부터는 수업이 시작되니 잊은 물건이 없도록 잘 챙기도록 해요."

담임 선생님의 말씀과 함께 수업이 끝나는 종이 울렸다.

반 친구들은 오늘 사귄 모양인 친구와 대화를 나누며 삼삼오오 교실에서 나갔다.

나도 집에 갈까……? 오늘은 너무 지쳤다…….

그렇게 생각하며 가방을 들고 일어섰다. 교실에서 나가고자 문을 향해 몇 발쯤 걸은 그때. 갑자기 내 발목이 축축한 무언가에 붙잡혔다.

"으앗!"

나는 갑작스러운 일에 놀라 소리를 질렀다.

황급히 발밑을 보자 그곳에는 교실 바닥에 무릎을 꿇고 흠뻑 젖은 교복 차림으로 엎드린 채 내 발목을 양손으로 꽉 잡은 카미야마가 있었다.

나는 즉각 뿌리치려 했지만, 마치 땅바닥에 붙기라도 한 것처럼 꿈쩍도 하지 않았다. 어마어마한 힘에 꽉 잡혔다.

"저기…… 카미야마……? 왜 잡은 거야……?"

카미야마는 엎드린 자세로 억양이 이상한 목소리를 내

며 중얼거렸다.

"……아까는 목숨을 구해줘서…… 감사사사사사사사사."

사사사사, 라고 말한 채 카미야마는 굳었다.

반 친구들은 힐끔힐끔 이쪽을 보았다. 입학 첫날 엎드려 비는 여자 앞의 남자. 그것이 나였다.

아아, 왜 이렇게 된 거지……?

"카미야마, 얼굴 들어. 딱히 감사 인사는 하지 않아도 돼!"

"……뭔가 보답을 하게하게하게하게 해주세요! 뭐든지 할게요!"

카미야마가 '뭐든지 하겠다'라고 절규하자, 그때까지 웅성거리던 교실이 단숨에 고요해졌다.

혈기왕성한 남자라면 여자가 뭐든지 하겠다고 했을 때 조금쯤은 바람직하지 못한 상상을 한 대도 이상하지 않을 것이다. 그런 연령이다.

상대가 종이봉투를 뒤집어쓴 땀의 정령이 아니라면…… 말이지만.

내 발은 아직 카미야마에게 꽉 잡혀 있었고, 바닥에 접착제로 고정된 듯 움직이지 않았다.

적당한 방법을 생각해서 놓게 하자. 그렇지 않으면 내 목숨이 위험하다.

그렇게 생각한 나는 엎드려 비는 자세로 내 발목을 잡은 카미야마에게 말했다.

"그래…… 알았어……. 그럼 다음 하굣길에 주스라도 쏘도록———"

쏘도록 해, 라고 대답하려던 그때. 카미야마는 내 발목을 잡고 있던 손을 놓더니 순식간에 일어났다. 그리고 내 몸에 긴 팔을 휙 감아 마치 인형이라도 안듯 가뿐히 들어 올리고는 그대로 달렸다.

"주스! 주스를 사러 가요!"

"잠깐, 카미야마! 기다려! 기다리래도!"

"주스요! 주스를 사야 해요!"

그렇게 말한 카미야마는 흠뻑 젖은 몸으로 나를 어깨에 짊어지고 달렸다. 복도를 빠져나가 신발장에서 자신의 신발을 움켜쥐더니 교정을 전속력으로 달려갔다. 하굣길의 학생들이 마치 에일리언이라도 보는 듯한 표정으로 나와 카미야마를 보았지만, 그것도 이내 멀리 후방으로 사라졌다.

나, 코미나토 나미토, 15세.

이것이 난생처음 여자와 단둘이 한 하교였다.

5분 뒤. 카미야마가 자동판매기를 발견하고 멈춰 섰을 무렵에는 내 교복은 카미야마의 땀으로 흠뻑 젖어있었지만, 의외로 개의치 않았다.

그러고 보니 신발도 신지 않았는데, 이것도 의외로 개의치 않았다…….

자신의 가방에서 지갑을 찾는 카미야마를 옆눈으로 보며

하늘을 올려다보았다. 봄날의 하늘은 상쾌하게 푸르렀다.

■ 카미야마에게 친구가 생겼다

따스한 햇볕이 기분 좋은 봄날의 오후.

조금 전에 고등학교 입학식을 마친 나는 흠뻑 젖은 새 블레이저 차림으로 공원 벤치에 앉아 캔 주스를 마시고 있었다. 아무도 없는 조용한 공원에는 벚꽃이 만개했다. 아직 새 미끄럼틀이 봄날의 부드러운 햇살을 받아 빛났다. 따뜻한 봄바람이 내 뺨을 어루만지고, 팔랑팔랑 춤추는 벚꽃잎은 아름다워 보였지만, 축축한 교복이 몸에 달라붙어 불쾌했다.

문득 옆을 보자 그곳에는 나와 마찬가지로 새 교복을 나보다 더 흠뻑 적신 채 머리에는 종이봉투를 뒤집어쓴 여고생이 앉아있었다.

――――다른 사람의 눈에 우리는…… 연인으로 보일까?

이런 의문이 일순 나의 뇌리에 떠올랐다. 하지만 그럴 일은 결단코 없다. 절대로 없다고 단언할 수 있다.

그렇다면 우리는 다른 사람의 눈에 어떻게 보일까?

답은 이렇다.

커플로는 보이지 않는다. 괴짜 집단으로는 보인다.

그 증거로, 우리가 주스를 한 손에 들고 이 공원에 들어

왔을 때, 공원에서 놀던 초등학생들이 개미 새끼처럼 뿔뿔이 흩어져 도망갔다.

내 옆에서는 머리에 종이봉투를 뒤집어쓰고 키가 180cm는 훌쩍 넘는 카미야마가 주스를 마시고 있다.

일단 주스를 얻어 마셨으니 감사 인사라도 해야겠지.

그렇게 생각한 나는 오렌지 주스를 단숨에 들이켠 카미야마에게 말을 걸었다.

"카미야마…… 아…… 저기…… 고마워. 주스 잘 마셨어."

"……처처처천만에에에에요!"

카미야마는 뒤집혔다 말았다, 높아졌다 낮아졌다, 억양이 이상한 목소리로 대답했다. 카미야마는 주뼛거리며 다 마신 캔을 손으로 만지작거렸다.

내게 감사 인사를 받아 쑥스러운지 종이봉투에서는 땀이 뚝뚝 떨어졌다.

그것을 본 나는 황급히 말했다.

"그렇게 긴장하지 않아도 돼! 주스를 얻어 마셨으니 이제 빚은 없는 거다? 응? 부탁할게……."

그 말을 들은 카미야마는 천천히 이쪽을 보았다. 종이봉투에 뚫린 구멍에서 엿보인 동그란 눈동자가 나를 포착했다. 크게 뜬 새카만 눈동자.

어라? 혹시 얼굴이 제법 예쁜 거 아닌가……?

내가 그런 생각을 하는데 카미야마는 또다시 억양이 이

상한 목소리로 중얼중얼 말했다.

"……저기…… 오늘은 여러모로 민폐를 끼쳐서…… 그, 미안했어요……."

"신경 쓰지 마. 그래, 뭐…… 여러 가지가 있었지……. 여러 가지……. 아마…… 분명……."

도움이 되지 않는 수습을 했다.

"저기…… 저는 수줍음이 극도로 많고…… 다른 사람과 이야기하는 것도 매우 서툴러서……. 죄다 모르는 사람이라…… 크게 긴장해서……."

"오늘은 긴장해서 그런 거였어……?"

카미야마는 고개를 끄덕였다.

아까까지 양손으로 만지작거리던 캔이 어느샌가 탁구공만 한 알루미늄 덩어리가 된 것은 못 본 셈 치자. 아니, 그러고 싶다. 나는 아무것도 못 봤다.

이대로 카미야마의 긴장 상태가 지속된다면 내 목숨이 위험할지도 모르겠다. 무슨 수가 없을까?

그렇게 생각한 나는 되도록 상냥한 말투로 카미야마에게 말했다.

"카미야마, 내일부터는 그렇지 않을지도 몰라."

카미야마는 종이봉투를 이쪽으로 향하고, 왜요? 라고 물었다. 나는 애써 밝은 목소리를 냈다.

"그야 우리는 이미 아는 사이잖아? 내일부터는 학교에

아는 사람이 있어. 그러니까 괜찮아."

이제 조금이라도 긴장을 풀었으면 좋겠다. 앞으로의 내 학교생활을 위해. 무엇보다 내 목숨을 위해.

카미야마는 깜짝 놀란 모습으로 나를 한동안 본 뒤 쑥스러운 듯 말했다.

"저기…… 그건…… 친구가 되어준다……는…… 뜻인가요?"

"아, 그게, 응……. 뭐…… 친구, 려나? 친구…… 친구……."

친구란 무엇일까? 뭐…… 좋다.

카미야마는 내 말을 다 듣더니 자신의 치마를 양손으로 꽉 쥐며 말했다.

쥔 치마에서 젖은 걸레를 짤 때처럼 땀이 뚝뚝 떨어졌다.

"감사합니다……. 저는 처음으로 친구가 생겼어요……."

카미야마는 거기서 한번 말을 끊더니 쑥스러운 듯 이렇게 말했다.

"이런 저지만…… 앞으로 잘 부탁해요, 코미나토."

카미야마는 나를 향해 기쁜 듯 감사 인사를 하더니 오른손을 내밀어 악수를 청했다.

이제 친구든 뭐든 좋다. 평온한 학교생활을 보낼 수 있다면 그만이다.

"아, 나야말로 잘 부탁해. 카미야마."

땀으로 흠뻑 젖은 손을 잡으며 생각했다.

지금만큼은 긴장하지 마……. 그렇지 않으면 내 손이 아까 그 알루미늄 덩어리가 될 테니까.

나, 코미나토 나미토, 15세.

내 목숨을 지키기 위해 여자 사람 친구가 생겼습니다.

카미야마와 클럽활동부

■ 코미나토 나미토는 클럽활동부를 찾아야 한다

폭풍 같은 입학 첫날 이후 1주일이 지났다.

이곳 1학년 1반 교실에는 눈부신 아침 햇살이 쏟아졌다. 교실에는 이미 여기저기에서 친구 그룹이 형성되기 시작했다.

인싸 그룹.

오타쿠 그룹.

모범생 그룹과 조금 불량한 그룹.

그리고———

"안녕? 코미나토."

"아, 아라이구나? 안녕?"

아라이 히나타가 내게 말을 걸었다.

입학 첫날, 만나자마자 반장 같다고 생각했는데 순식간에 반 친구들의 추천이 모여 정말로 반장이 되었다. 생긴 대로 노는 여자다.

반장이라지만 잔소리꾼처럼 짜증 나는 타입은 아니고, 늘 방긋방긋 부드러운 미소를 짓는 친근한 소녀……라고 다들 생각하는 모양이지만, 나는 기억한다. ———이전에 나눈 대화가 조금 이상했던 것을.

그것은 대체 뭐였을까……?

하지만 반장으로 추천받을 정도다. 분명 뭔가를 잘못 들었거나, 아니면 나의 착각이었다고 생각해 두자. 그러자. 그렇지 않으면 내가 무섭다.

아라이는 내게 인사를 하고 자기 자리로 향했다.

그리고 또 한 명.

"아아아아…… 안녕하세요……? 코미나토……."

"안녕? 카미야마…… 땀땀! 아…… 또 바닥이 난리 났네……."

내 앞자리의 카미야마 사미다레. 오늘도 씩씩하게 머리에 종이봉투를 뒤집어쓰고 대량의 땀을 흘리고 있었다.

나는 갈색 종이봉투를 뒤집어쓰고 온몸에서 떨어질 정도로 땀을 흘리며 멜론처럼 커다란 가슴을 가진 카미야마에게 말을 걸었다.

"카미야마, 나와 이야기하는 게 아직도 긴장돼?"

"……네……. 긴장돼돼돼요……."

카미야마는 억양이 이상한 목소리로 중얼거리더니 자기 자리에 앉았다.

"그렇게 긴장하지 않아도 되는데."

"기기기긴장! 돼요! 하게 돼요!"

카미야마는 교실 전체에 울려 퍼지는 목소리로 외치더니 그 자리에서 굳은 채 종이봉투 끝에서 삐져나온 머리카락과 치맛자락에서 땀을 뚝뚝 떨어뜨렸다.
반 친구들은 이미 익숙해졌는지 멀리서 시선을 보낼 뿐 우리에게 관여하려고는 하지 않았다.
자기 자리에 가방을 둔 아라이가 되돌아왔다.
"카미야마, 안녕? 그러고 보니 두 사람은 어떤 클럽활동부에 가입할지 결정했어?"
아라이는 누구에게나 차별 없이 다정했다. 학급에서 겉돌던 우리를 늘 신경 써주다 보니 어느샌가 셋이서 이야기를 나누는 일이 많아졌다.
물론 카미야마는 대개 침묵하거나 소리를 지르거나 땀을 흘릴 뿐이지만.
아라이가 카미야마에게 말을 걸자 그녀의 몸이 움찔 굳었다.
"크크크크크클럽활동부……! 요……! 아아아직 결정하지 못했어요!"
"그러고 보니 나도 아직 결정하지 못했어. 그냥 귀가부로 지내도 되지 않을까?"
나는 중학교 때도 귀가부였고, 고등학교에서도 특정 클럽활동부에 가입해야겠다고는 생각하지 않았다. 본래부터 귀찮은 일은 좋아하지 않는다.
무뚝뚝하게 대답한 내게 아라이가 얼굴을 들이대며 말했다.

"안 돼. 코미나토. 우리 학교는 반드시 뭐든 클럽활동을 해야 하거든."

"참 귀찮은 교풍이네……."

나는 한숨 섞어 말하며 창밖을 보았다. 밖에서는 벚꽃잎이 팔랑팔랑 흩날리기 시작했다.

반드시 뭐든 클럽활동을 해야 한다고? 그렇다면 아라이는 이미 어느 클럽활동부에 가입할지 결정한 걸까? 나는 아라이에게 물어보기로 했다.

"그럼 너는 어느 클럽활동부에 가입할지 이미 결정했어?"

"음~ 나도 아직이야. 중학교 때는 수영부였지만, 고등학교에서는 뭔가 새로운 걸 하고 싶어."

그것참 활동적이네.

아라이는 내 얼굴과 카미야마의 종이봉투를 교대로 본 뒤 즐거운 목소리로 이렇게 말했다.

"괜찮다면 오늘은 같이 클럽활동부를 견학하지 않을래?"

"귀찮으니 패스해도 될까?"

"안~돼."

아라이는 방긋방긋 다정한 미소를 지었다. 그리고 카미야마 쪽을 향하더니 어깨에 손을 턱 얹었다.

그 순간 들린 질퍽거리는 소리는 못 들은 셈 치자.

"카미야마. 카미야마는 중학교 때 무슨 부였어?"

아라이의 질문에 카미야마는 고개를 옆으로 붕붕 저었다.

종이봉투에서 땀이 튀어 내 얼굴에 묻었다.

"혹시 아직 어떤 클럽활동부에 가입할지 결정하지 않았으면 카미야마도 같이 보러 다닐래? 응?"

"……네에에에에에에에! 클럽활동부…… 저도 뭔가 해보고…… 싶어요……."

마지막에는 사그라든 목소리로 카미야마가 대답했다.

"그럼 결정. 나중에 보자."

아라이는 그렇게 말하고 자기 자리로 돌아갔다.

클럽활동부라……. 솔직히 귀찮을 것 같아서 나는 한숨을 한 번 쉬었다.

■ 카미야마는 클럽활동부를 견학한다

저녁놀이 진 방과 후. 나와 아라이와 카미야마는 클럽활동부 견학을 마치고 1학년 1반 교실로 되돌아와 있었다. 우리는 모두 하나같이 썩은 동태눈을 하고 있었다. 응, 죽고 싶다.

그리고 아무도 입을 열려 하지 않았다.

의기양양하게 클럽활동부 견학에 나선 우리에게 무슨 일이 있었느냐……. 지금부터 그것을 말해야 할 것이다.

아라이의 제안에 우리 세 사람은 여러 클럽활동부를 견학하기로 했다.

맨 먼저 간 곳은 취주악부였다.

남녀가 함께 활동할 수 있는 클럽이며 비교적 유명한 클럽을 생각하자 가장 먼저 떠오른 것이 취주악부였다.

나와 아라이가 취주악부가 활동하는 음악실로 들어가자 아담하고 귀여운 3학년 여자 선배가 웃으며 맞이해 주었다.

아무래도 부장인 모양인 여자 선배는 우리를 보자마자 얼굴이 환해졌다.

"어서 와. 견학을 원하는 신입생이니? 나는 이 부의 부장이고…… 아, 자기소개는 나중에 해도 되겠지? 올해는 신입 부원이 별로 견학 오질 않아서 곤란하거든. 지금 모두 연습 중인데 괜찮다면 구경해. 뭐 다루고 싶은 악기가 있으면 만져봐도 돼. 견학은 너희 둘이 온 거니?"

뜻밖의 환영 분위기에 나는 조금 기뻐졌다.

음악실에서는 20명 정도의 부원들이 각각의 악기를 들고 연습하는 참이었다. 아라이가 상냥한 취주악부의 부장에게 싹싹하게 대답했다.

"네. 친절하게 말씀해주셔서 감사합니다. 아, 한 명이 더 견학 왔어요. 카미야마도 들어와."

아라이는 그렇게 말하고 음악실 밖에 말을 걸었다.

부장은 아라이의 말을 듣더니 또 기쁜 듯 얼굴이 환해졌다.

"아, 한 명 더 있어? 세 명이나 한 번에 가입해주면 고맙지. 견학은 생략하고 그냥 가입해."

부장은 우리에게 미소를 지었다. 하지만 이 미소는 이내 무너졌다.

기쁜 듯한 부장의 앞에 키가 180cm는 족히 넘으며 머리에는 종이봉투를 폭 뒤집어쓴 채 흠뻑 젖은 교복을 입은 카미야마가 나타난 것이다.

머리에 쓴 종이봉투 때문에 아마 2m는 넘을 것이다.

카미야마는 교실 문을 스윽 지나 들어오자마자 치맛자락에서 땀을 떨어뜨리며 뒤집혔다 말았다 하는 이상한 억양의 목소리로 외쳤다.

"오오오오오오오늘은 참 조조조좋은 날이네요!"

맞선 보냐?

카미야마가 외쳤다.

아…… 하고 말한 채 부장이 굳었다.

아라이가 미소 지었다.

연습하던 손을 멈추고 우리 쪽을 보며 부장 일동의 얼굴이 굳었다.

응, 저건 요괴나 괴물을 볼 때의 눈이다. 좀비 영화에서 본 적이 있다.

어찌어찌 취주악부 견학이 시작되었다.

우리는 처음에 음악실의 구석에서 앉아있었고, 연습이 일단락되었는지 굳은 미소의 부장이 우리에게 다가왔다.

"아…… 저기…… 괜찮다면 악기라도 다뤄볼래요……? 으음…… 억지로 하라고는 않겠지만……. 혹시 괜찮다면 말이에요. 으음…… 억지로 하라고는 않겠지만…… 억지로 하라고는……."

나는 부장의 존댓말에 조금 충격을 받으면서도 쉬워 보이는 트라이앵글을 다뤄보기로 했다.

아라이로 말할 것 같으면. 트럼펫을 손에 들고 갑자기 소리를 냈다. 그뿐만 아니라 두세 번 시험 삼아 불어보는가 싶더니 단숨에 도레미파솔라시도 음계를 깔끔하게 비브라토까지 넣어가며 불어서 부원들을 놀라게 했다.

지금까지 악기는 만져본 적도 없다고 했는데 재주가 있다고 생각하다가 시야 끝에서 굳은 종이봉투의 존재를 알아챘다.

카미야마였다.

카미야마의 손에는 나무 봉 끝에 탁구공만 한 크기의 구슬이 달린 것이 들려 있었다. 몸 앞쪽에는 실로폰이 있었다. 아무래도 카미야마는 실로폰을 고른 모양이었다.

카미야마는 실로폰 채를 든 채 몸을 잘게 부들부들 떨며 굳어 있었다.

카미야마의 옆에서 실로폰 담당 부원이 말했다.

"저……기…… 그렇게 긴장하지 않아도 돼……. 우선은 마음껏 두드려봐……요……."

"……마마마마마마음껏……이요……?"

"응, 마음껏 두드려봐. 여기가 도고 여기가——."

부원의 말이 미처 끝나기도 전에 카미야마는 손에 든 채를 있는 힘껏 내리쳤다.

후웅…… 하고 공기를 가르는 듯한 소리가 들리는가 싶더니 곧 음악실에 우레와도 같은 굉음이 울려 퍼졌다.

실로폰은 격렬한 소리를 내며 한가운데부터 둘로 쪼개졌다.

"아아아아아……! 죄송합니다!"

카미야마의 절규가 음악실에 메아리쳤다.

굳은 미소를 지은 부원이 카미야마에게 말했다. 기분 탓인지 아까보다 떨어져서 서 있는 듯했다.

"아하하……하…… 실로폰은 조금 어려웠을까……? 다른 쉬운 게 있던가……?"

"그그그그그럼 저건 어어어떨까요……?"

카미야마가 가리킨 것은 팀파니라는 서양식 큰북이었다.

너는 왜 또 타악기를 고르는 거냐?

카미야마는 팀파니 채를 쥐고 굳었다.

부원이 재촉했다.

카미야마가 휘둘렀다.

우레가 울려 퍼졌다.

팀파니가 쪼개졌다.

부원 일동이 굳었다.

내가 트라이앵글을 땡 치자 그 소리에 제정신이 든 부원이 다가와 허리를 90도로 꺾었다.

"죄송합니다……. 돌아가 주시겠습니까……?"

"네……. 정말 죄송합니다……."

우리가 음악실을 나서자 안에서 여자부원의 울음과 비명이, 남자부원의 죽는 줄 알았네! 하는 절규가 들린 것은 분명 나의 기분 탓이리라. 틀림없다. 그러기를 바란다!

우리는 별수 없이 다른 부를 찾으러 가기로 했다.

■ 카미야마는 더 많은 클럽활동부를 견학한다

“카미야마, 유감이야. 다른 부도 견학하러 가보자. 응?”

침울한 카미야마에게 아라이가 다정하게 말을 걸었다.

“으~음, 다음은 어디로 가볼까?”

밝게 행동하려는 아라이에게 나는 되도록 어둡지 않게 밝은 목소리로 대답했다.

“뭐…… 뭐어, 다양한 클럽활동부를 견학하는 게 오늘의 취지이니 다른 부도 살펴보자. 아, 다만 나는 피곤해지는 건 질색이야. 가능하면 다음 클럽활동부도 문화 계열의 부가 좋겠어.”

내 말에 카미야마가 반응했다.

“네네네네네네에! 저저저도 운동은 서툴러서…….”

그 말을 들은 아라이가 우리를 보고 방긋 웃었다.

“좋아. 그럼 문화부를 중심으로 돌아보자.”

이리하여 우리는 문화부를 중심으로 돌아보기로 했다. 했지만…….

이것이 카미야마 전설의 시작이었다.

미술부에서는 캔버스를 찢었고, 다도부에서는 찻잔을

깼으며, 꽃꽂이부에서는 꽃병을 깼다.

연극부에서 일어난 일은 말도 하기 싫다…….

합창부에서는 종이봉투가 얼굴에 들러붙어 죽을 뻔했다.

침울한 카미야마에게 아라이가 말했다.

"……카미야마…… 유감……이야……. 다른…… 부도…… 보러……."

늘 밝고 방긋거리는 미소가 끊이지 않는 아라이가 한눈에도 풀 죽은 모습이었다. 얼굴에는 억지 미소가 있었지만, 눈이 반쯤 죽어 있었다. 규격에서 한참 벗어난 카미야마의 힘찬 행동에 마음이 꺾여가는 모양이었다.

나는 풀 죽은 아라이와 카미야마에게 동정을 금할 수 없었다. 그런 두 사람이 가여워진 나는 도와주기로 했다.

"……별수 없으니 운동부도 볼까? 그 정도의 힘이 있으면 뭔가 할 수 있는 스포츠도 있겠지. 아마."

내 말을 들은 아라이가 마음을 다잡고 말했다.

"그, 그래. 카미야마의 파괴력…… 아니, 힘이 있으면 스포츠에서는 유리할지도 몰라! 암, 그렇고말고."

어렵사리 밝은 모습을 회복한 아라이가 대견했다. 정말 장하다.

하지만 결과는 마찬가지였다.

유도부에서는 주장을 바닥에 내리꽂았고, 소프트볼부에서는 친 공이 파열되었으며, 검도부에서는 죽도가 방어구를 뚫었다.

농구부에서 일어난 일은 되도록 말하고 싶지 않다…….

수영부에서는 종이봉투를 쓴 채 수영장에 들어가는 바람에 죽을 뻔했다.

날이 저물어 아무도 없는 복도에서 우리 셋은 교실을 향해 터벅터벅 걸었다. 카미야마의 발자국은 여전히 축축했다.

아라이가 가면 같은 얼굴로 툭 내뱉었다.

"……카미……야먀…… 유감……이야……. 뭔가 분명…… 있을까……? 있으려나……? 없으려나……? 없겠지……? 있을 거야……. 아니…… 없어……."

야단났다. 아라이의 마음이 꺾였다.

있으려나…… 없으려나…… 하고 기계적으로 반복하는 아라이의 뒷모습을 바라보며 우리 교실로 돌아왔을 무렵에는 이미 해가 완전히 저문 뒤였다.

■ 카미야마는 마음이 꺾인다

"있을까…… 없을까……?"

초점이 없는 눈으로 계속해서 중얼거리는 아라이에게 나는 말을 걸었다.

"……아라이."

하지만 아라이의 귀에는 들리지 않은 모양인지 한층 더 기계적으로 중얼거렸다.

"없을까…… 있을까…… 없을없을까……? 있다있다있다있다없다없다없다없다."

나는 저쪽 세상으로 가버린 아라이를 강하게 불렀다.

"아라이, 부르잖아!"

"헉……! 미…… 미안해, 코미나토. ……왜 그래? 무슨 일 있어?"

아라이는 일순 깜짝 놀라더니 내 쪽을 보았다. 나는 한 손으로 머리를 긁적이며 말했다.

"너는 노력했어……. 응……. 잘은 모르겠지만, 아무튼 노력했어."

"미안해, 코미나토……. 있을지 없을지 생각하다 보니 갑자기 뚝 소리가 들렸고…… 거기서부터 아무것도 기억이 안 나……. 아마 그건 마음이 꺾인 소리일 거야…….”

그럴 리가 있냐?

아라이는 미안한 듯 카미야마에게 말을 걸었다.

“미안해, 카미야마……. 나는 힘이 되지 못했어…….”

클럽활동을 견학했을 뿐인데 어째서 이런 말이 나오는 걸까?

카미야마는 여전히 어깨를 축 늘어뜨리고 의자 밑에 물웅덩이를 만들고 있었다.

“……미미미미미안해요……. 저는 역시 또 클럽활동은 무리일 것 같아요…….”

“아니야. 나야말로…… 어쩐지 미안하네…….”

그렇게 말하며 두 여자는 서로 사과했다.

아라이는 충분히 함께 힘써주었고, 카미야마도 일부러 그러는 게 아니다. 누군가의 잘못이 아니라는 건 나도 알고 있다.

그런데 지금 카미야마는 이상한 소리를 하지 않았나?

나는 아까 카미야마가 한 발언이 마음에 걸려서 신경 쓰였기에 물어보았다.

“카미야마, 지금 또 무리일 것 같다고 했는데, 무슨 뜻이야?”

나의 질문을 받은 카미야마는 몸을 움찔 경직시키는가 싶더니 긴 팔을 몸 앞에서 기묘하게 배배 꼬며 말했다.

"저저저저저기⋯⋯ 저는 중학교 때도 이렇게 클럽활동을 견학했어요⋯⋯. 그때는 혼자 보러 다녔지만요⋯⋯."

눈에 다소 생기를 되찾은 아라이가 물었다.

"그래? 중학교 때는 무슨 부에 가입했는데? 그렇다면 고등학교에서도 같은 부에 들어가면 돼. 그래!"

카미야마는 종이봉투를 붕붕 옆으로 저었다. 땀이 내 얼굴에 튀었다. 나는 무표정하게 주머니에서 손수건을 꺼내어 얼굴을 닦으며 말했다.

"이번과 똑같은 결과였다⋯⋯는 건가?"

카미야마는 종이봉투의 구멍을 통해 내 쪽을 보더니 작게 고개를 끄덕였다. 그 커다란 눈동자에 눈물이 고여 있는 것을 보고야 말았다.

"네⋯⋯. 중학교 때도 다양한 부에 민폐를 끼쳐서⋯⋯. 저는 모두와 함께 뭔가를 해보고 싶었어요⋯⋯. 하지만 아무 데도 들어갈 수가 없어서⋯⋯. 하지만 어딘가에는 꼭 들어가야 해서⋯⋯."

그렇게 말하고 입을 다문 카미야마는 어깨를 축 늘어뜨렸다.

해가 저문 교실에 하교 시각을 알리는 종소리가 울렸다.

나는 종이봉투의 구멍을 통해 카미야마의 눈동자를 보았다. 종이봉투의 구멍으로 살며시 보이는 두 눈에서 굵은 눈물이 흘러 종이봉투의 틈으로 뚝 떨어졌다.

우리는 한동안 그런 카미야마를 앞에 두고 말을 하지 못했지만, 참다못한 아라이가 일어나서 말했다.

"그…… 그만 집에 가야……겠네……. 내일도 또 가입할 수 있을 법한 클럽활동부를 찾아보자. 응?"

카미야마는 긍정도 부정도 하지 않고 대신에 교복 치맛자락을 꽉 쥐었다. 물론 그 손도 치마도 땀으로 흠뻑 젖어 카미야마가 꽉 쥔 치마에서는 젖은 걸레를 짤 때처럼 땀이 교실 바닥에 뚝뚝 떨어졌다.

카미야마는 치맛자락을 쥔 채 입을 열었다.

"……괜찮아요……. 어떤 부에 이름만 올려달라고 할 테니까요……. 중학교 때도 그랬거든요……."

나는 납득했다.

어느 부에 들어가더라도 민폐를 끼치고 만다. 그렇다고 해서 학교의 규칙을 위반하고 가입하지 않을 수는 없다. 그 결과. 중학생인 카미야마는 어느 부에 유령 부원으로서 이름만 올린 것이리라.

그 말을 들은 나는 뭔가 해줄 수 있는 일이 없을지 생각했다.

카미야마는 몸의 크기도 힘도 차원이 다르다. 뭔가 도구를 이용하면 부숴버리고, 머리에 쓴 종이봉투는 벗을 수 없다. 이상할 정도로 땀을 흘려서 옷은 금세 흠뻑 젖고, 다른 사람과 대화하는 것도 서투르다.

하지만 나는 아까 카미야마의 눈물을 보고 말았다.

그녀는 다만 모두와 함께 클럽활동을 하고 싶을 뿐이다. 하지만 카미야마가 할 수 있을 법한 클럽활동이 있을까? 오늘 이만큼 함께 클럽활동을 견학하고도 찾지 못했다. 해결해주고 싶어도 나는 그 방법을 알 수 없었다.

나는 그런 내가 답답해서 반쯤 자포자기하며 말했다.

"있잖아…… 이렇게 된 거 차라리 새로운 부를 만드는 건 어때? 카미야마도 할 수 있을 법한 걸 말이야. 뭐…… 새로운 부를 만드는 건 현실적이지 않으려나……?"

그러자 아라이가 갑자기 가슴 주머니에서 학생수첩을 꺼내어 팔랑팔랑 넘기기 시작했다. 그리고 어느 페이지에서 멈추더니 눈을 들이대고 빤히 본 뒤 우리를 향해 눈을 반짝이며 말했다.

"여길 봐! 클럽활동의 항목에 신규 부 창설 신청 방법이 있어! 새로운 클럽활동…… 만들어도 되지 않을까!"

문득 카미야마에게 눈길을 보내자 종이봉투의 구멍에서 희망에 찬 눈을 엿보이고 있었다.

아라이는 학생수첩을 진지하게 읽었고, 카미야마가 그 모습을 지켜보았다.

어떻게든 도움을 주고 싶었다. 확실히 그렇게 생각했다. 하지만, 그래. 의외로 성가실 것 같네요…….

옛말에 입은 재앙의 근원이라더니.

내 옆에는 열심히 학생수첩을 읽는 아라이와, 클럽활동부 신설에 희망을 품은 카미야마가 있었다.

나는 교실 창문으로 석양이 물든 하늘을 보며 생각했다.

뭐…… 이런 것도 괜찮지 않을까……? 아마, 분명, 어쩌면.

■ 코미나토 나미토는 새로운 클럽활동부를 생각한다

교실 안에 4교시 종료를 알리는 종소리가 울리며 점심시간이 되었다. 나는 굳은 몸을 풀기 위해 양손을 들고 크게 기지개를 켰다.

반 친구들은 저마다 무리를 이루어 책상을 이동시킨 뒤 도시락을 펼쳤다.

"코미나토, 새로운 클럽활동부는 생각해 왔어? 점심 먹으면서 이야기하자."

아라이가 내게 말을 걸었다.

어제 방과 후. 새로운 클럽활동부를 만들기로 한 우리는 무슨 부를 신설할지를 숙제로 냈다.

"아니…… 뭐, 생각했다면 생각했지만……."

아라이의 질문에 웅얼웅얼 대답했다. 왜냐하면 몇 가지를 생각하기는 했지만, 결국 대단한 아이디어는 떠오르지 않았기 때문이다.

아라이는 그런 나의 마음을 아는지 모르는지 평소처럼 방긋방긋 웃으며 내 자리에 도시락을 두더니 앞에 앉은 카미야마에게 말을 걸었다.

“아, 카미야마도 같이 먹자.”

“……!”

카미야마는 아라이의 말에 움찔 몸을 경직시키는가 싶더니 녹슨 태엽이 돌아가듯 어색하게 상반신만 돌려 뒤를 보았다. 끼이익 하는 소리가 날 것 같았다.

그렇게 보면 무섭거든?

나는 다정하게 가르쳐주었다.

“카미야마…… 몸만 돌릴 게 아니라 의자와 함께 뒤로 돌면 좋지 않을까?”

“아! 그그그그러네요! 그래야래야겠어요!”

카미야마는 여전히 억양이 이상한 목소리로 그렇게 말하더니 황급히 일어나 의자의 방향을 바꾸었다.

내 책상 위에 세 개의 도시락이 놓였고 아라이는 여느 때와 같은 미소를 지으며 이야기하기 시작했다.

“그나저나 새로운 클럽활동부 말인데. 우선 운동 쪽은 안 될 것 같아.”

“그래. 운동 쪽은 절실히 말리는 게 좋을 거야.”

“응…… 절실히…….”

카미야마와 함께 연습이라도 했다가는 목숨이 몇 개여도 부족하다.

나와 아라이는 나란히 어두운 표정을 지었지만, 마음을 다잡은 아라이가 말을 이었다.

"그…… 그렇다면 문화부가 되는데…… 카미야마는 뭐 해보고 싶은 게 있어?"

아라이는 카미야마에게 다정한 미소를 지었다.

갑자기 시선을 받아 당황한 카미야마는 눈을 떨구었고, 동시에 교복 자락에서 땀방울을 떨어뜨리며 커다란 등을 보란 듯이 동그랗게 말았다.

"저는 모두와 함께 뭔가를 할 수 있으면 그걸로 만족해요……."

카미야마의 대답을 다 들은 아라이가 팔짱을 끼고 말했다.

"으~음, 그럼…… 코미야마는 뭔가 있어?"

"으~음…… 글쎄……."

나도 아라이와 마찬가지로 팔짱을 끼고 카미야마와 아라이의 중간쯤을 보며 생각하는 자세를 취했다.

어제 집으로 돌아온 뒤, 나는 내 나름대로 생각은 해보았다. 하지만 결국 좋은 아이디어는 떠오르지 않았다. 나는 일단 내 희망을 말해보기로 했다.

"가능하면 귀찮은 건 피하고 싶어."

"코미나토는 귀차니스트 같아 보여."

아라이는 그렇게 말하며 웃었다. 그리고 미간을 찌푸리더니 왼손을 턱에 댔다.

"난감하네……. 나도 어제 생각했지만, 결국 좋은 아이디어가 떠오르지 않았어. 뭔가 새로운 걸 해보고 싶기는 하지만.”

아라이는 새로운 걸 하고 싶구나.

아라이가 모두와 함께 할 수 있고 뭔가 새로우며 귀찮지 않은 것. 이거 난제로군.

나와 아라이가 생각에 잠겨 있자 카미야마가 황급히 말했다.

“……미미미미미안해요! 저 때문에 그렇게 생각하게 하고……. 저는 조금 더 생각해 볼볼게요!”

아라이는 빙긋 미소 지으며 카미야마에게 대답했다.

“그래. 시간은 있으니 같이 생각하자. 그리고 카미야마, 그렇게 당황하며 말하지 않아도 돼.”

아라이의 미소를 보며 카미야마는 더욱 긴장했다. 종이봉투 끝에서 삐져나온 검은 머리카락에서는 지금도 땀이 뚝뚝 떨어졌다.

점심시간이 끝나기 전까지 걸레질하지 않으면 누군가가 미끄러지겠다.

그나저나 어떻게 하면 좋지?

기존의 클럽활동에 들어갈 수 없는 카미야마를 위해 새로운 클럽활동을 만들자는 발상은 좋았다. 하지만 우리 세 사람의 희망을 충족시킬 클럽활동은 대체 어떤 것일까?

종이봉투를 밑으로 향하고 어깨를 축 늘어뜨린 채 풀 죽은 카미야마를 슬쩍 보았다. 부끄럼이 많고 다른 사람과 대화하는 게 서투르다……라.

나는 번뜩 떠오르는 것이 있었다.

새롭고 귀찮지 않고 카미야마도 할 수 있는 활동이며 카미야마를 위한 것이기도 한, 나아가 나의 평온한 고교 생활과도 이어질 법한 클럽활동부가 떠오른 것이다.

나는 팔짱을 풀고 두 사람에게 입을 열었다.

"이런 건 어떨까?"

아마 이거라면 모두 만족할 수 있을…… 것이다.

내 말에 카미야마와 아라이가 나란히 나를 바라보았다.

두 여자에게 주목받는 게 쑥스러웠지만, 나는 따끈따끈한 아이디어를 발표했다.

■ 카미야마는 새로운 클럽활동부에 기대한다

"대화부를 만드는 건 어떨까?"

내 의견에 아라이가 질문을 던졌다.

"대화부?"

"응, 대화부. 카미야마는 다른 사람과 대화하는 게 서투르잖아? 그래서 긴장하고…… 뭐…… 그…… 다양한 대참사를……."

"응…… 대참사……를……."

아라이는 클럽활동부를 견학할 때 느낀 트라우마가 되살아났는지 굳은 미소로 먼 곳을 보았다.

카미야마는 내게 종이봉투를 향하며 가만히 이야기를 들었다. 나는 종이봉투에 뚫린 구멍을 통해 카미야마의 눈을 보았다. 종이봉투의 구멍에서 보이는 눈빛은 진지함 그 자체였다.

나는 카미야마 쪽을 보며 말을 이었다.

"다른 사람과 대화하는 게 서투르다면 부원끼리 연습하면 되잖아? 연습해서 다른 사람과 접하는 것도 익숙해지면 지금까지 카미야마가 곤란해하던 다양한 문제도 해소할 수 있다고 생각해."

다양한 문제.

구체적으로는 나를 안고 교내를 전력질주하거나, 그대로 자동판매기가 있는 곳까지 납치하거나, 교복이 흠뻑 젖을 정도로 땀을 흘리거나, 각 클럽활동부에 사라지지 않는 트라우마를 심어놓거나. 말하자면 그런 것이다.

"대대대…… 대화…… 연습……이요……?"

카미야마는 허둥지둥 당황하며 물었다.

"저저도…… 연습하면 다양한 사람과 대화할 수 있게 될까요……?"

"그래. 분명 할 수 있게 될 거야."

나는 씩씩하게 대답했다.

분명 할 수 있다……. 그렇지 않으면 내가 곤란하다. 내가 낸 거지만 정말 기막힌 아이디어다. 아라이가 바라는 대로 새롭고, 다만 대화를 할 뿐이니 내가 바라는 대로 귀찮지 않고, 카미야마의 고민도 해소할 수 있다.

카미야마는 종이봉투의 구멍을 통해 엿보인 눈동자를 빛냈다.

그때 아라이가 소박한 의문을 표했다.

"으~음, 확실히 좋은 아이디어기는 하지만…… 구체적으로는 뭘 하는 건데?"

나의 기가 막힌 아이디어는 벌써 암초에 부딪혔다. 그것은 생각하지 못했다. 나는 황급히 머리를 굴리며 대답했다.

"아…… 그, 그건…… 대화는 사람과 사람이 의사소통하는 첫걸음이잖아? 그렇지……? 그러니까, 그게, 말이지…… 우리는 아직 고등학교에 갓 입학했지만, 앞으로 대학생이 되고 사회인이 되었을 때, 더 나은 의사소통을 위해 대화의 기술을 연마하고…… 연마하고……."

어쩌지? 입에서 되는 대로 말이 나왔다.

내가 횡설수설하며 대답하자 아라이는 갑자기 내 손을 꽉 잡았다. 그리고 내 손을 잡은 채 몸을 앞으로 내밀더니 얼굴을 확 들이댔다. 느닷없이 아라이가 코앞에 나타나자 나는 얼굴이 빨개지며 당황하여 말했다.

"아아아아라이, 갑자기 왜 그래?"

"그거…… 좋은 생각이다! 카미야마도 그렇게 생각하지 않아? 대화는 중요하잖아! 그래, 대화부 좋다, 코미나토!"

다행이다. 호평이었구나.

카미야마는 종이봉투를 붕붕 끄덕이며 양손을 몸 앞에서 꽉 쥐고 땀을 흩뿌리며 기쁜 듯 긍정의 의사를 보였다.

나는 눈앞에서 기뻐하는 카미야마를 보았다.

종이봉투를 뒤집어써서 표정은 보이지 않지만, 지금 카미야마는 아마 미소를 짓고 있지 않을까? 어쩐지 나까지 기뻐졌다.

그나저나…… 카미야마의 미소. 카미야마는 어떤 표정으로 웃을까? 문득 그런 생각을 했다.

기뻐진 나는 무심결에 쓸데없는 소리를 하고 말았다.

"그렇게 기뻐해 주니 다행이야. 카미야마가 대화에 익숙해지면 긴장하지 않게 되어 땀도 흘리지 않게 될지도 모르고, 조만간 종이봉투도 벗을 수 있지 않을까?"

"……!"

기뻐하던 카미야마의 움직임이 갑자기 멎었고 양손으로 종이봉투를 누르더니 벌떡 일어나 외쳤다.

"아아아아안 돼요! 이! 종이봉투는! 부끄부끄부끄부끄러워서……!"

그리고 그 자리에서 뻣뻣이 멈춰선 채 양손을 꽉 쥐었다. 치맛자락에서는 땀이 뚝뚝 떨어졌고 머리에 뒤집어쓴 종이봉투에 땀이 배어 색이 짙어졌다.

반 친구들은 일단 카미야마에게 시선을 집중했지만, 이내 본래의 대화로 되돌아갔다.

나는 그런 반 친구들을 보고 생각했다. 인간은 의외로 순응력이 높구나.

카미야마는 그 자세 그대로 굳었고, 아라이는 웃으며 고개를 끄덕였다.

이 셋이서 해낼 수 있을까?

작은 불안이 머리를 스쳤지만, 나는 과하게 생각하지 않기로 했다.

■ 아라이는 2차원과 승부를 펼친다

이 셋이서 해낼 수 있을까? 내가 아까 생각한 의문 말인데, 굳이 대답하자면 전혀 해내지 못했다. 다시 한번 말하겠다. 전혀 해내지 못했다.

그 이유는 무엇이냐?

이 학교에는 이상한 녀석이 너무 많기 때문이다.

우리는 그날 방과 후, '대화부'를 만들고자 교무실로 담임 선생님을 찾아갔다. 교무실에 카미야마가 들어간 순간, 선생님들은 일순 술렁였지만 이내 자신의 업무로 되돌아갔다.

담임 선생님이 우리에게 신규 클럽활동부 신청이라고 적힌 용지를 건넸고 아라이가 그 자리에서 활동 내용과 부원의 이름 등을 작성하여 담임 선생님께 드렸다.

이것만으로 새로운 클럽활동을 만들 수 있다니, 생각보다 간단하구나.

내가 그런 생각을 하는데 신청서를 받아든 담임 선생님은 곤란한 표정을 지었다.

"어라? 부원은 너희 셋뿐이니? 새 클럽활동부를 만들려면 네 명 이상의 부원이 있어야 해. 부원을 한 명 더 구하면 다시 한번 오렴."

교무실에서 터벅터벅 돌아가는 우리 세 사람의 발걸음은 무거웠다. 나는 그런 분위기를 참지 못하고 일부러 밝게 말했다.

"설마 네 명이 필요할 줄이야. 한 명만 더 찾아서 신청하러 가면 되니 괜찮겠지."

이 말에 아라이가 대답했다.

"한 명 더 필요하다 이거지? 내 친구는 모두 어떤 부에 들어갈지 정했는데……. 코미나토는 누구 적당한 사람 알아?"

아니……. 나는 입학 당일에 카미야마에게 조준된 이후로 친구가 아무도 없네요. 내게 이런 부탁을 흔쾌히 받아들여 줄 법한 지인은 없었다.

"아니, 나도 없는데."

아라이는 내게서 카미야마에게로 시선을 옮겼다.

"그래……? 카미야마는 누구 몰라?"

솔직히 카미야마가 그럴 만한 사람을 알 거라고는 생각할 수 없었다.

늘 머리에 종이봉투를 뒤집어쓰고, 대량의 땀을 흘리며, 반 친구들에게 접촉해서는 안 될 사람으로 인정받았고, 다양한 클럽활동부에 트라우마를 심어놓은 카미야마다. 새 클럽활동부를 만들기 위해 적당한 인물을 알 리 없었다.

내가 딱히 기대도 없이 카미야마 쪽을 보자 카미야마는 의외로 복도 끝을 가리켰다.

여전히 긴장이라도 하는지 손끝은 부들부들 떨렸고 손끝에서는 땀이 떨어졌다.

혹시 알맞은 사람이라도 있나? 협력해줄 법한 지인이 있고 그 사람이 그 손끝에 있는 걸까? 나는 카미야마가 가리킨 쪽을 보았다.

그러자 그곳에는 즐겁게 누군가와 대화를 나누는 아담한 여학생이 서 있었다.

아담한 여학생은 그야말로 요즘 여고생의 분위기였다.

키는 150cm도 되지 않을 정도로 작았고, 매우 깔끔하고 귀여운 얼굴이었다. 헐렁한 연분홍 카디건을 걸쳤고, 치마는 카미야마나 아라이가 입은 것과 달리 붉은 체크무늬 플리츠스커트였다.

우리 학교에는 일단 지정된 교복이 있지만, 학생의 자주성을 존중하는 뜻에서 교복 규정이 느슨하여 개중에는 자신이 좋아하는 사복을 직접 준비하여 입고 통학하는 사람도 있다. 고등학생다운 복장이라면 문제가 없는 모양이다.

그녀도 그중 한 명이리라. 카디건 밑의 붉은 체크무늬 치마를 최대한 짧게 줄였고, 머리 양옆에 동그랗게 묶은 머리카락을 통통 튕기며 누군가와 즐겁게 대화를 나누고 있었다.

카미야마에게 저렇게 평범한 지인이 있다고?

아담한 여학생은 우리의 전방 10m 거리에 서서 때마침 복도의 모퉁이에서 누군가와 대화를 나누는 모양이었다. 대화 상대는 모퉁이 너머에 있는 모양이라 우리에게는 보이지 않았지만, 깜찍한 얼굴로 환하게 웃으며 즐거운 듯 이야기하고 있었다.

제법 큰 목소리로 대화를 했기에 우리에게까지 이야기 내용이 들렸다.

"아하하, 그렇구나. 그러고 보니 요전번에 산 잡지에 적혀있었어——."

그녀는 매우 명랑하게, 그리고 술술 대화를 전개했다. 카미야마도 이 정도로 대화를 할 수 있게 되면 좋겠는데.

나는 그런 생각을 하며 카미야마가 가리킨 여학생의 대화에 귀를 기울였다.

"아, 정말? 그런데 학교 근처의 크레이프 가게 알아? 거기 정말 맛있다고 반에서 평판이 자자해! 다음에 학교 끝나고 가보지 않을래?"

내용도 요즘 여고생답다. 하지만 저렇게 평범한 대화를 하는 귀여운 여자를 카미야마는 왜 가리킨 걸까?

아담한 여학생의 대화는 끝나지 않았다.

"그렇구나! 그럼 다음 일요일에 그 옷가게에 가보자, 아짱."

카미야마가 입을 다문 채 그 여학생 쪽을 계속 가리켰기에 나와 아라이는 여학생의 끝없는 대화를 멈춰 서서 듣고 있었다.

"아, 다음 시간 미술이지? 미술실은 저쪽이던가? 같이 가자, 아짱."

여학생은 그렇게 말하더니 모퉁이 너머에 있는 친구의 손을 잡고 이쪽을 향해 귀여운 미소를 지으며 걷기 시작했다. 여학생의 손에 이끌려 모퉁이 너머에서 대화 상대가 나타났다.

그것을 본 나와 아라이는 둘 다 표정을 굳혔다.

아담한 여학생의 손에 이끌려 모퉁이 너머에서 나타난 것은 마법 소녀였다.

요즘 심야에 방영되는 마법 소녀 애니메이션 속 주인공의 옷을 입은 눈이 반짝반짝하고 피부가 새하얀 2차원 뺨치는 여자였다. 하늘하늘하고 풍성한 새하얀 치마에 마찬가지로 하늘하늘한 셔츠. 손에는 마법 지팡이를 들었고 머리카락은 새빨간 색이었다. 번쩍번쩍한 에나멜 구두를 신고, 마치 2차원의 세계에서 튀어나온 듯한 마법 소녀가 그곳에 있었다.

……아니, 자세히 보니 2차원이었다.

복도 너머에서 나타난 마법 소녀는 서점 등에서 판촉제품으로 흔히 세워두는 등신대 패널이었다. 발밑에는 정성껏 바퀴를 달아서 아담한 여학생이 손을 끌면 데굴데굴 굴

러 이동하는 구조였다.

우리가 멍하니 멈춰 서 있자 아담한 여학생은 패널의 손을 끌고 이쪽을 향해 걸어오며 마법 소녀의 그림에 말을 걸었다. 당연하게도 대답은 돌아오지 않았다.

"다음은 미술이구나. 나는 그림을 잘 못 그려."

하지만 아담한 여학생에게는 무언가가 들리는 모양인지 경쾌한 대화를 이어갔다.

"응? 아짱은 그림을 잘 그려? 좋겠다……. 다음 시간에는 인물화를 그린댔지? 그래, 둘이서 서로의 얼굴을 그리지 않을래?"

우리의 앞에는 아담한 여학생 한 명과 마법 소녀 등신대 패널 한 장이 있었다.

종이봉투 다음은 패널이다.

나는 카미야마에게 말을 걸었다.

"카미야마…… 아까 손가락으로 가리켰는데, 저 여자…… 아는 사이야?"

카미야마는 양손을 몸 앞에서 옆으로 저으며 허둥지둥 대답했다.

"아…… 아는 사이는 아니아니아니지만…… 늘 저렇게 패널을 데리고 다녀요……. 몇 번인가 복도에서 스쳐 지난 적이……."

왜 이 학교에는 이런 녀석만 있을까……?

하지만 우리가 앞으로 만들려는 대화부는 대화 연습을 하는 클럽활동이다. 어떤 의미로 딱 알맞은 인재일지도 모르겠다. 별수 없다. 이렇게 됐으니 별수 없다.

나는 뭔가 중요한 것을 모두 포기한 듯한 표정으로 그녀에게 다가가 머뭇머뭇 말을 걸었다.

"아…… 저기, 그거, 대화 연습이라도 하는 거야? 우리는 대화부라는 클럽활동부를 만들려고 하는데 괜찮다면 가입해보지 않을래? 우리와 대화 연습을 하자."

하지만 그 여학생은 마치 내가 이 자리에 존재하지 않는 것처럼 내 쪽을 보려고도 않고 패널을 향해 대화를 계속했다.

"저기, 아짱. 웬 모르는 남자가 말을 걸어서 조금 불쾌하네……. 갑자기 뭐지? 남자와 이야기하기는 무리야."

이렇게까지 대놓고 무시당하니 오히려 화조차 나지 않았다. 내가 어떻게 할까 생각하는데 갑자기 카미야마가 여학생에게 오른손과 오른발을 함께 움직이는 걸음걸이로 다가가 말을 걸었다.

"대대대……! 대화부는 어떠세요……?"

여학생은 카미야마에게 시선을 보냈다.

그녀의 눈앞에 키 180cm는 족히 넘고 종이봉투를 뒤집어쓴 여고생이 방금 늪에서 나온 것처럼 온몸에서 물을 떨어뜨리며 서 있었다.

여학생은 일단 카미야마 쪽을 보는가 싶더니 카미야마의 모습을 확인하고 표정 하나 바뀌지 않은 채 다시 패널과 대화를 재개했다.

나는 생각했다. 저 녀석…… 비명을 지르지 않은 것만 봐도 강철 심장을 갖고 있구나. 아니면 꿈이라고 생각하기라도 하는 걸까? 아직 그쪽이 현실적일 것 같다.

나는 한숨을 쉰 뒤 멍한 아라이에게 돌아가 등을 톡 두드렸다.

"부탁해…… 아라이. 일단…… 저 아이를 꼬드겨봐. 카미야마는 저 모양이고 저 아이는 남자와 이야기하지 못하는 모양이야……."

어안이 벙벙하던 아라이는 나의 재촉에 진지한 표정을 지었다.

"응? 앗…… 으…… 응……. 그렇구나……. 노력해볼게……."

"그래, 부탁할게. 아무래도 좋지만 일단 노력해줘."

나는 그렇게 말하고 아라이에게 패널 소녀를 맡겼다.

마법 소녀의 패널에 말을 거는 여학생에게 아라이가 접근했다. 목소리가 들릴 위치까지 간 뒤 평소의 방긋방긋 웃는 미소로 여학생에게 말을 걸었다.

"얘, 무슨 이야기 하니? 괜찮다면 나랑도 이야기하지 않을래? 나는 너랑 이야기해보고 싶은데. 이름은 뭐야?"

여학생은 잠시 대화를 멈췄지만, 이내 아라이를 무시하고 마법 소녀 패널과 대화를 재개했다.

아라이도 실패인가……?

그렇게 생각한 나는 여학생의 작은 변화를 알아챘다. 아라이가 말을 걸었을 때, 어느 부분에서 여학생의 대화가 한순간 멈추었다.

"아라이! 지금 한순간이지만 '너랑 이야기해보고 싶은데' 부분에서 반응이 있었어! 다시 한번 말해봐!"

"그…… 그래? 좋았어……. 그럼…… 너와 이야기해보고 싶네!"

"……!"

여학생은 또 한순간 움찔 대화를 멈추었다.

역시 맞았다. 아무래도 자신을 필요로 하는 게 약점인 모양이다. 여학생의 약점을 간파한 나는 아라이에게 지시했다.

"아라이! 바로 그거야! 그녀를 더 필요로 해줘!"

"알았어! 너랑 이야기해보고 싶어!"

"……!"

"너랑! 이야기! 해보고 싶어!!"

"……!!"

복도에 아라이의 절규가 메아리쳤다. 그러자 여학생과 패널의 대화가 완전히 멈추었다. 이 기회를 놓칠 내가 아니다.

“지금이야, 아라이! 결판을 지어!”

결판이라는 말이 적절한지는 이 판국에 따지지 않아도 된다. 내 말을 들은 아라이는 평소의 방긋거리는 미소를 한층 더 밝게 지으며 다정한 목소리로 말했다.

“저기…… 우리와 함께 대화부에 가입하지 않을래? 네가 필요해. 네 이름은 뭐니?”

지금까지 패널을 향해 말을 걸던 여학생은 갑자기 얼굴을 새빨갛게 물들이는가 싶더니 아래를 본 채 작은 목소리로 대답했다.

“……하루사메야. 아마노 하루사메……. 내가…… 필요해……?”

이리하여 우리는 아마노 하루사메의 포획에 성공했다.

■ 아마노는 남자를 피한다

“아마노구나? 나는 아라이 히나타야. 잘 부탁해. 저기 있는 두 사람은 코미나토랑 카미야마야.”

아라이는 아마노에게 평소의 방긋거리는 미소를 지었다. 아마노는 얼굴을 새빨갛게 물들이며 중얼중얼 대답했다.

“……잘 부탁해.”

다행이다. 아무래도 아라이에게는 마음을 연 모양이다. 남자를 어려워하는 모양인데 대체 얼마나 어려운 걸까? 나는 패널과 대화를 마친 아마노에게 다가갔다.

“아마노, 거기서 뭐 하고 있었어? 혹시 대화 연습? 그렇다면 마침 우리———”

내가 말을 걸자마자 아마노는 패널 쪽을 향하더니 다시 마법 소녀(2차원)와 대화를 재개했다.

“있잖아, 아짱. 모르는 남자가 또 내게 말을 거는데 어떻게 생각해? 헌팅 진짜 짜증 나지 않아? 응? 그건 하루사메가 귀여워서라고? 전혀 그렇지 않아~.”

그렇군. 시야에조차 담지 못할 정도로 어려운 모양이다.

그렇다면.

나의 짓궂은 마음에 불이 붙었다. 여기서는 무시당한대도 일부러 계속 말을 걸자. 오히려 대화에 억지로 난입하자.

"그래. 전혀 그렇지 않……지는 않아. 아마노는 귀엽거든. 엄청 귀여워. 하지만 나는 헌팅을 하고 싶은 게 아니야. 클럽활동 가입 권유를 하려고."

아마노는 귀엽다는 부분에서 순간적으로 얼굴을 붉혔지만, 또 패널을 향해 말을 걸었다.

"무슨 권유를 한다고 하네! 솔직히 수상하달까 불쾌하달까, 불쾌하달까 고되달까. 게다가 사기일지도 모르잖아?"

"사기가 아니래도. 새로운 클럽활동부를 만들 건데 괜찮다면 어때?"

"앗…… 앗…… 새로운 크레이프 사기 가게에는…… 갔어? ……아니! 크레이프 가게! 클럽활동을 마치고…… 돌아가는 길에……."

좋았어. 대화가 이상한 상태에 접어들기 시작했다. 나는 작전 성공을 인식하고 한 번 더 밀어붙였다.

"그래. 클럽활동을 마치고 돌아가는 길에는 모두와 크레이프 가게에 가보는 것도 좋을 거야. 그렇게 딱딱하지 않은 부거든."

"따따따딱딱새우의 산란 장소는…… 주로 다시마나 미역 등 해조류의…… 뿌리……에."

또 한고비다.

"미역 하면 이렇게 엄청난 이야기가 있지……. 미역은

역하면 역할수록 맛이 나."

"푸흡."

좋았어. 아마노가 뿜었다. 이것은 나의 필살기, 뜻밖의 타이밍에 내뱉는 말장난이다.

보통은 필살기가 작렬하면 동시에 미묘한 분위기에 감싸이므로 봉인해두는 자폭기지만, 효과는 뛰어났던 모양이다.

아마노는 뿜은 입을 황급히 막더니 작은 손으로 나의 멱살을 잡았다.

"갑자기 무슨 소리를 하는 거야!"

"미안, 미안. 나도 모르게 최고로 재미있는 말장난이 나왔네."

"나도 모르게? 나는 남자도 싫어하고 말장난도 싫어해! 게다가 그렇게 재미없는 말장난은……."

아마노는 내게 얼굴을 들이대고 고래고래 소리쳤다. 아마노는 크게 흥분했는지 자칫하면 입술이 닿을 정도의 거리까지 내게 얼굴을 들이대고 성냈다. 아마노가 귀여운 얼굴을 들이대자 쑥스러운 나는 아마노에게서 눈을 돌리며 중얼거렸다.

"하지만 뿜었잖아……."

아마노는 얼굴을 새빨갛게 물들이며 나를 잡은 손에 한층 더 힘을 주었다.

"바보 아냐! 우우우웃지 않았어! 그저 살짝 재채기……
그래. 재채기가 나왔을 뿐이야!"

아마노 하루사메는 나의 목을 아슬아슬하게 조였다. 아라이가 황급히 우리 사이에 끼어들었다.

"자, 잠깐, 아마노. 진정해. 응? 우리는 대화를 연습하는 대화부라는 클럽활동을 만들었는데 괜찮다면 같이 하는 게 어때? 나는 하루사메와 더 이야기하고 싶어."

"아, 바, 아앗…… 저기…… 벼벼벼별수 없으니 가입해도 좋다……고나 할까……? 나는 다른 사람과 대화하는 게…… 주특기……거든……."

아마노는 새빨간 얼굴로 대답했다.

다른 사람이 아니라 패널이겠지. 그런 딴죽은 그만두었다.

아라이는 새빨개진 아마노의 손을 꽉 잡았다.

"정말 잘됐다……. 함께 열심히 해보자, 하루사메!"

"자, 자, 잘 부탁해, 아라이……. 아, 하지만 저기 있는 남자는 죽여도 될까? 나는 남자가 불편하거든……."

하루사메의 흉흉한 질문에 아라이는 평소의 방긋거리는 미소로 대답했다.

"응. 그건 나중에 내가 처리할게. 일단 여기에 이름과 반을――."

아라이는 그렇게 말하더니 주머니에서 신청서를 꺼내어 아마노에게 건넸다.

지금 뭔가 아마노의 입에서 흉흉한 단어가 튀어나온 것 같지만 못 들은 셈 치면 될까?

석양이 비치는 복도에서 나는 문득 옆에 있는 카미야마를 보았다.

카미야마는 여전히 교복과 머리에 쓴 종이봉투에서 땀을 뚝뚝 떨어뜨렸지만, 양손을 커다란 가슴 앞에서 꽉 쥐고 아라이를 응원하듯 위아래로 붕붕 흔들었다.

무사히 클럽활동부를 만들어서 기쁜 걸까?

나는 카미야마가 기뻐하는 얼굴을 볼 수 있어서 조금 기뻤다.

아니, 정확히 말하자면 얼굴은 보이지 않았지만. 하지만 아무튼 아주 조금 기뻤다.

카미야마와 대화부

■ 카미야마는 사물함에 들어간다

대화부의 네 번째 부원을 찾던 우리는 학교의 복도에서 마법 소녀 등신대 패널과 대화를 하는 아마노 하루사메를 발견하여 어렵사리 가입시키는 데 성공했다.

우리는 그 길로 교무실에 계신 담임 선생님을 찾아가 신청서를 제출했다.

담임 선생님을 비롯하여 교무실에 계시던 선생님들은 네 번째 부원인 아마노를 보자, 아…… 하필이면 그 학생을 잡아 온 거냐……는 시선을 보냈다.

분명 이 녀석도 나름대로 유명인이었으리라. 그야 마법 소녀 등신대 패널과 대화를 나누는 녀석이니까.

아무튼.

우리는 네 명의 부원을 모아 무사히 대화부를 설립하기에 이르렀다. 앞으로의 활동까지가 '무사'할지는 심히 의문이지만.

우리 대화부에는 교사 가장자리 복도 끝의 지금은 사용하지 않는 교실이 부실로 주어졌다. 그리고 오늘이 대화부의 첫 활동일이다.

나는 교탁 앞에 서서 모두에게 말했다.

"아…… 그럼 지금부터 제1회 대화부 활동을 시작하겠습니다……."

아라이는 의자에 앉아 방긋방긋 웃으며 성대하게 박수를 쳤다.

으~음, 오늘도 미소가 멋지다.

"아하하, 아짱도 참, 재미있는 소리 하지 마. 그래. 그래서 새로 생긴 옷가게에는 벌써 갔어? 응? 갔다고? 아이, 나도 같이 가자고 했잖아!"

교실의 맨 뒤. 내게 등을 진 사람은 뒤쪽의 칠판에 마법소녀 패널을 세우고 패널에게 홀로 말을 걸어대는 아마노 하루사메였다.

으~음, 오늘도 씩씩하고 비정상인 것 같아 다행이다.

카미야마는…… 어라, 없네?

아까까지 아라이의 옆에서 땀을 뻘뻘 흘리며 앉아있었는데.

나는 머리를 벅벅 긁으며 교실 안을 둘러보았다. 그러다 덜컹덜컹 부자연스럽게 흔들리는 청소도구용 사물함을 발견했다.

으~음, 뭐가 어떻게 된 거지……?

나는 무표정하게 사물함으로 걸어가 문을 벌컥 열었다.

그곳에는 몸을 기묘한 모양으로 접어 사물함에 들어간 카미야마가 있었다.

나는 사물함 속에서 공포 영화에 나오는 끔찍한 시체처럼 몸을 접은 카미야마에게 질문했다.

"저기…… 뭐 하는 거야?"

카미야마는 흠뻑 젖은 교복에서 땀을 떨어뜨리며 사물함 속에서 답답한 듯 몸을 꿈틀거렸다.

"부…… 부…… 부끄러워서…… 저도 모르게 숨을 수 있을 법한 곳에 숨었어요……."

으~음, 이제 정말로 어떻게 하나…….

나는 사물함 속에서 몸을 접은 카미야마에게 다정하게 말을 걸었다.

"괜찮으니까 나와."

"……네."

카미야마는 팔꿈치와 무릎을 꿈틀거려 능숙하게 똑바로 펴며 사물함에서 기어 나왔다.

이제 남은 건 저 녀석이군.

나는 마법 소녀 아짱 씨와 대화에 꽃을 피운 하루사메의 곁으로 가서 패널과 하루사메의 사이에 억지로 끼어들었다.

"하루사메, 아짱 씨와 이야기는 끝났어? 이제 클럽활동을 시작하고 싶은데."

하루사메는 내가 눈앞에 서 있는데 내 존재는 아예 없는 것처럼 마법 소녀 패널과 대화를 이어갔다.

"응? 아, 미안해. 인간 같은 쓰레기가 말을 거는데 다음에 다시 이야기하자. 응, 응……. 그럼 꼭이다. 바이바이.”

인간 같은 쓰레기가 아니라 쓰레기 같은 인간이겠지.

하루사메는 지금까지 짓던 미소를 무뚝뚝한 표정으로 바꾸고 떨떠름하게 아라이의 옆에 앉았다.

나는 가볍게 충격을 받으면서도 재차 교탁 앞에 서서 다시 말했다.

“아…… 다시 한번, 그럼 지금부터 제1회 대화부 활동을 시작하려는데…… 뭐랄까…… 여러분…… 전체적으로 괜찮습니까……?”

나는 벌써 한계에 다다랐다. 아라이가 평소의 방긋거리는 미소를 지으며 말했다.

“괜찮아, 코미나토! 힘내!”

무슨 근거로 괜찮다는 것인지 모를 아라이의 성원에 나는 마음을 다잡고 말을 이었다.

“아…… 우선 오늘은 첫날이니 우리 대화부의 활동 내용을 정하고자 합니다. ‘대화 연습을 하는 클럽활동부’라는 것은 정했지만, 어떻게 연습할지는 앞으로 다 함께 정하려 합니다. 의견이 있는 분 계십니까?”

그렇다. 우리 대화부의 활동 내용은 아직 아무것도 정해지지 않았다. 내 말을 들은 아라이가 오른손을 번쩍 들었다. 나는 아라이를 지명했다.

“네, 아라이.”

"우리 대화부의 목적은 다른 사람과 원활한 의사소통을 하는 거지? 그렇다면 우선은 매번 의제를 정해서 모두 그것에 관해 이야기하며 대화 연습을 하면 되지 않을까?"

아라이답게 멀쩡한 의견이었다. 나는 아라이의 의견에 찬성의 뜻을 표했다.

"오, 그거 좋다. 예를 들어 흔히 '평범한 잡담'이라고 하지만, 대체 무슨 말이 평범한지 알 수 없는 경우가 있잖아? 뭔가 의제가 있으면 말하기 쉬울지도 몰라."

"그래. 그러니까 우선은 의제를 정해서 연습해보면 좋을 거야. 당장 다 함께 의제를 생각해보지 않을래?"

"좋아. 어디 한번 해볼까?"

아라이가 멀쩡해서 눈물이 나올 것 같았다.

그럼 어떻게 의제를 모으냐인데, 이곳이 평범한 클럽활동부고 부원이 평범하다면 손을 들어 한 명씩 발언하면 된다.

하지만.

나는 카미야마와 하루사메 쪽으로 힐끗 시선을 보냈다.

카미야마는 의자에 앉아 주뼛거렸고, 하루사메는 내 쪽을 저주하며 죽일 듯한 눈으로 노려보고 있었다.

이 두 사람에게 손을 들게 하고 우리의 주목을 받으며 발언시키기는 어려워 보였다. 나는 문득 한 가지 제안을 했다.

"아…… 처음부터 구두로 발표하기는 부담스러울 수 있

으니 익명으로 종이에 적어서 순서대로 읽도록 할까?"

내가 그렇게 말하자 카미야마는 안도한 듯 숨을 내뱉으며 큰 가슴을 쓸어내렸다. 멜론 같은 가슴이 출렁거리며 치맛자락에서 땀이 바닥에 뚝 떨어졌다.

나는 자를 이용하여 공책을 적당한 크기로 잘라 메모지를 만들며 생각했다. 과연 멀쩡한 의견이 나올까?

나는 불안을 느끼면서도 공책을 잘라 만든 메모지를 세 사람에게 나눠주었다.

■ 코미나토 나미토는 부끄러워한다

각자가 의제를 적은 종이는 마침 교실 구석에 놓여 있던 상자 속에 넣도록 했다.

그리고 15분 뒤.

모두가 의제를 적고 메모지를 상자에 넣은 것을 확인한 나는 상자를 한 손에 들고 다시 교탁 앞에 서서 모두에게 입을 열었다.

"자, 그럼 다 된 모양이니 한 장씩 읽어보겠습니다."

내 앞에는 미소 짓는 아라이와 무뚝뚝한 하루사메, 그리고 첫 클럽활동에 덜덜 긴장하며 흠뻑 젖은 채 종이봉투를 뒤집어쓴 카미야마가 있었다.

나는 모두가 지켜보는 가운데, 상자 속에 손을 넣어 가장 먼저 손끝에 닿은 한 장의 메모지를 꺼낸 뒤 얼굴 앞에서 펼치고 읽었다.

"어디 보자, 뭐? 코미나토의 한심한 면에 대……해……?"

그 녀석의 짓이군.

나는 활짝 웃으며 하루사메에게 말했다.

"하루사메, 이건 대체 뭘까?"

"내, 내가 쓴 거 아니야. 무례하네! 확실히 좋은 의제라고 생각하는데? 그걸로 정하면 되지 않을까? 내, 내가 쓴 건 아니지만."

하루사메는 황급히 아닌 척하며 내게서 시선을 돌렸다.

"기각."

나는 그렇게 말하고 '코미나토의 한심한 면'이라고 적힌 종이를 갈기갈기 찢었다. 그것을 본 하루사메가 벌떡 일어났다.

"잠깐, 뭐 하는 거야! 기껏 진지하게 생각했는데!"

"역시 너잖아?"

"응? 아, 그게…… 생각한 건…… 그래, 아짱이야! 아짱!"

아짱 씨는 그냥 패널인데요?

나는 하루사메에게 우아한 미소를 지은 뒤 무시하고 다음 종이를 꺼냈다.

"다음으로 넘어갈게요. 어디 보자…… APEC에 대해?"

"아, 그건 나야."

아라이가 반가운 듯 입을 열었다.

"APEC이 뭐더라? 아시아태평양 어쩌고…… 맞나?"

내가 묻자 아라이는 술술 대답했다.

"APEC은 아시아태평양경제협력체의 약칭이야, 코미나토. Asia Pacific Economic Cooperation의 첫 글자를 따서 APEC이지. 가맹국은———"

나는 희희낙락 이야기하는 아라이를 제지하며 말했다.

"잠깐 기다려. 너무 어렵지 않아? 처음에는 조금 더 친근한 화제가 좋을 것 같은데."

"아, 듣고 보니 그럴지도 모르겠네. 미안해. 너무 어렵게 생각했나 봐."

아라이가 의기소침해졌다.

"자, 그럼 다음으로 넘어간다……."

내가 상자 속에 손을 넣자 질척……한 감촉이 손끝에 닿았다. 손끝으로 더듬어 보자 축축하게 젖은 무언가가 상자 속에 있는 모양이었다.

아…… 이건 그거로군, 그거.

나는 젖은 종이를 집어 상자에서 꺼낸 뒤 펼치려 했다. 하지만 종이는 흠뻑 젖어서 잘 펴지지 않았다. 수차례 고전하며 접힌 곳을 찾아 펼치려 했지만, 마침내 찢어지고 말았다.

카미야마 쪽을 보자 커다란 몸을 작게 움츠리고 폭포 같은 땀을 흘리고 있었다.

"……미미미…… 미안해요……. 따따따땀땀땀에 젖어서……."

"아니…… 응…… 괜찮아."

그 뒤 나는 한 장씩 꺼내어 펼치고 읽는 작업을 반복했다.

모인 의제는 다음과 같다.

· 코미나토의 역겨운 점에 대하여

· APEC에 대하여

· 코미나토에게 입은 스토커 피해에 대하여

· 전쟁 후 일본의 부흥과 경제 정책에 대하여

· 남자(코미나토)를 이 세상에서 없앨 방법에 대하여

· 자본주의 사회에 대하여

그리고 젖어서 읽지 못한 종이가 몇 장.

나는 텅 빈 상자를 확인한 뒤 크게 한숨을 쉬며 말했다.

"아…… 나는 그만 집에 가도 될까……?"

이 말에 하루사메가 반응했다.

"아까부터 불평만 하는데, 너도 의제를 내는 게 어때? 멀쩡한 의견을 낼 수 있다면 내보라고! 의제를 생각하는 건 의외로 어려운 일이야!"

하루사메의 의견도 지당했다. 왜냐하면 나는 내 의제를 적은 메모지를 상자 속에 넣지 않았기 때문이다.

나는 내 주머니에서 메모지를 꺼내어 펼치며 말했다.

"아니, 일단 모두의 의견도 들은 뒤에 정하는 게 좋을 것 같아서……. 나는 평범한 의견밖에 떠올리지 못했거든."

"거봐! 어렴풋이 알고는 있었지만 너는 역시 쓸모없어……. 쓸모없는 코미나토……쓸모없미나토야."

"억지로 줄이지 마."

하루사메는 의기양양하고 기세등등하게 내게 따졌다. 그런 하루사메를 옆눈으로 보며 카미야마가 흥미진진한 듯 질문했다.

"그그그그래서…… 코미나토는 어떤 의제를 적었죠?"

아라이도 흥미진진한 표정을 지었다. 나는 조금 쑥스러워하며 내가 적은 종이를 읽었다.

"뭐…… 너무 평범해서 부끄럽지만…… '자기소개'나 '좋아하는 음식', '좋아하는 과목'…… 이런 거."

역시 너무 평범해서 부끄러웠다. 다른 의견이 떠올랐으면 좋았을지도 모르지만, 내게는 떠오르지 않았다.

내가 말을 마치자 세 사람은 침묵에 감싸였다.

역시 별로였나?

내가 부끄러워서 피했던 시선을 되돌리자 그곳에는 그런 수가 있었군! 하는 표정을 짓는 두 여자와 종이봉투 하나가 있었다.

여러분, 정말로 생각 못 했나요……?

나는 그렇게 묻고 싶은 마음을 꿀꺽 삼켰다. 이것으로 일단은 쓸모없미나토라고 불릴 일도 없을 듯했다.

■ 하루사메는 자기소개를 한다

우리 대화부의 첫 활동은 의제 토크였다.

첫 의제는 내가 제안한 '자기소개'로 결정되었다.

나는 교탁 앞에 선 채 내 앞에 앉은 세 여자에게 입을 열었다.

"그럼 일단 모두 자기소개를 할까? 첫 의제로는 무난할 거야. 우선은 나부터 할게."

세 사람은 가볍게 박수 치며 나를 지켜보았다.

자기소개라.

내가 제안해놓고 새삼스럽지만, 나는 자기소개처럼 형식적인 일이 어색하다. 입학식 날 홈룸 시간에도 크게 고민했지만, 결국 말할 내용을 정하지 못했을 정도다.

하지만 지금은 그렇게 말할 수도 없었다.

나는 가볍게 헛기침을 하고 모두를 보며 입을 열었다.

"그러니까…… 1학년 1반의 코미나토 나미토라고 합니다. 좋아하는 과목은 수학이고…… 음…… 좋아하는 음식은 카레와 햄버그…… 그리고…… 으~음……."

나의 말문이 막히자 아라이가 끼어들었다.

"아, 코미나토는 수학을 좋아하는구나. 굉장하다. 나는 수학에 약하거든."

아라이가 적절하게 맞장구를 쳐줘서 나는 속으로 아라이에게 고마워하며 대답했다.

"좋아한다기보다 다섯 가지 주요 과목 중에서는 가장 잘하는 과목일 뿐이야. 성적은 별로 좋지 않아."

감탄하는 아라이를 옆눈으로 보고 히죽히죽 웃으며 하루사메가 말했다.

"너 좋아하는 음식이 그게 뭐냐? 카레랑 햄버그라니 요즘 초등학생도 안 그러겠다."

카레와 햄버그의 골든 콤비를 무시하자 열 받은 나는 히죽거리는 하루사메의 말을 받아쳤다.

"카레랑 햄버그를 얕보지 마. 그 녀석들에게는 보편적인 맛이 있어. 그러는 너는 뭘 좋아하는데?"

내가 묻자 하루사메는 갑자기 얼굴을 새빨갛게 물들이며 당황했다.

"나, 나, 나 말이야? 나는…… 그러니까…… 차…… 차…… 찹쌀경단…… 아니지! 저기…… 그래. 파스타야, 파스타……. 여자잖아! 그리고, 그래……. 파르페도 좋아해! 여자니까!"

방금 가장 먼저 찹쌀경단이라고 말했지? 딱히 좋아하는 음식 정도는 평범하게 말해도 되는데. 찹쌀경단이 울겠다.

나는 당황하며 말하는 하루사메를 조금 놀려주기로 했다.

"파스타에 파르페라. 파(パ)로 시작하는 음식을 좋아하는

구나?"

"마마마맞아! 파…… 파…… 빵(パン)도 좋아해! 여자니까!"

"그럼 팬티(パンツ)도 좋아해?"

"맞아! 팬티도 아주 좋아해서 자주 먹……는……."

하루사메는 말하다 말고 자신이 얼토당토않은 소리를 한다고 깨달아 새빨간 얼굴로 굳었다.

나는 굳은 하루사메에게 말했다.

"그럼 이번에는 팬티를 좋아하는 하루사메의 자기소개를 들어볼까?"

나는 그렇게 말하고 교탁 앞에서 내려와 적당한 자리에 앉았다.

하루사메여, 봤느뇨. 카레를 비웃는 자 팬티에 울게 되리라.

하루사메는 아짱 씨 패널을 당기며 터벅터벅 앞으로 나와 우리에게 등을 진 채 칠판 쪽을 향해 중얼중얼 말하기 시작했다.

"……아, 아, 아마노 하루사메…… 반은 1학년 2반이고…… 싫어하는 건 남자랑…… 매운 거랑…… 벌레랑…… 귀신이랑……."

하루사메는 거기까지 말하고 입을 다물었다. 그러고 보니 마법 소녀 패널과 대화를 할 정도로 이 녀석도 다른 사람과 대화하는 것이 서툴렀던가?

이대로 우리 앞에 세워두는 것도 가혹하다고 생각한 나는 대화의 계기가 될 법한 질문을 던지기로 했다.

"가능하면 싫어하는 게 아니라 좋아하는 걸 듣고 싶어. 좋아하는 일 같은 거 말이야. 아, 맞다. 지금 가장 원하는 게 뭐야?"

하루사메의 어깨가 움찔 떨렸다. 그리고 칠판 쪽을 향해 우리에게 등을 진 채 떨리는 목소리로 말을 이었다.

"아짱…… 또 남자가 말을 걸어서 역겨워. 내가 좋아하는 걸 알고 싶다니…… 스…… 스토커? 그런 느낌이 드네."

역시 남자인 나는 안 되나……?

내가 포기하려던 그때, 하루사메는 아담한 몸을 떨며 가녀린 목소리로 말을 이었다.

"그리고 원하는 게 뭔지 알면 뭘 어쩔 셈일까……? 내가 원하는 건…… 원하는 건…… 원하는 건……."

"워워워원하는 게…… 있나요……?"

하루사메는 우리에게 등을 진 채 중얼거렸다.

"……친구……."

조용한 부실에 하루사메의 작은 목소리가 스며들었다.

하루사메의 등은 잘게 떨렸다. 뒷모습이 아주 작아 보였다. 이 녀석도 카미야마와는 또 다른 부끄럼쟁이일 것이다. 교무실에 이 녀석을 데려갔을 때 보았던 선생님들의 시선이 뇌리에 떠올랐다.

내가 뭐라고 말을 걸면 좋을지 망설이는데 하루사메는 작은 목소리로 말을 이었다.

"예전부터 친구가 갖고 싶다……고 생각했어……. 하지만 나는 늘 친구가 없었지. 다른 사람과 제대로 대화도 못 하고……."

조용한 부실에 하루사메의 떨리는 목소리만이 울려 퍼졌다.

"혼자는 쓸쓸하네…… 어쩌지…… 하고 생각했을 때…… 서점에 갔더니 때마침 아짱이 있었어……."

하루사메는 마법 소녀 등신대 패널을 바라보며 계속 말했다.

"그래서…… 그때 머릿속이 번뜩였지. 고등학교 데뷔에는 이거다! 하지만…… 하지만……."

하루사메는 그렇게 말하고 다시 입을 다물더니 작은 등을 떨었다. 데뷔 방법이 완전히 잘못된 것 같은데, 나의 착각일까?

갑자기 카미야마가 의자에서 일어나 하루사메에게 다가갔다. 카미야마도 긴장했는지 잘게 떨었다.

카미야마는 떨리는 손을 하루사메의 어깨에 얹고 젖은 종이봉투에서 떨리는 목소리를 냈다.

"저저저저희는…… 이제 같은 부원이고…… 그…… 치, 치, 치…… 친구……예요……. 아니…… 친구……야……."

하루사메는 시선을 밑으로 떨군 채 천천히 돌아보았다.

"흠…… 나는 이미 아짱이라는 친구가 있지만…… 두 번째 친구로 삼아줄게……."

"네…… 감사합니다!"

하루사메의 제안에 카미야마는 더할 나위 없이 기쁜 목소리로 대답했다.

카미야마의 기쁜 목소리를 들은 하루사메는 얼굴을 들고 카미야마의 얼굴…… 아니, 종이봉투를 보았다.

"못 살아……. 그렇게 기뻐하지 않아도 되잖…… 앗, 땀이, 땀이! 얼굴에 땀이 묻었어! 입에도 들어갔잖아!"

카미야마가 나름대로 용기를 쥐어 짜냈으리라. 얼굴에 뒤집어쓴 종이봉투에서는 평소보다 다섯 배는 많은 땀이 떨어졌다. 그 땀이 하루사메의 얼굴에 뚝뚝 떨어진 것이다.

"미미미미미미안해요……!"

"아~아, 미치겠네. 너 손수건 있어?"

"네…… 일단은……."

카미야마는 황급히 주머니를 뒤지더니 손수건을 꺼내어 하루사메에게 건넸다.

하루사메는 카미야마에게 손수건을 받아 얼굴에 가까이 대더니 무언가를 알아챈 듯 외쳤다.

"고마…… 앗, 이것도 축축하잖아!"

"미미미미미안해요……!"

“하여튼 못 말린다니까……. 앞으로는 내가 손수건을 잔뜩 갖고 올게. 어쩔 수 없지.”

하루사메는 입으로는 싫은 듯 말했지만, 얼굴은 어쩐지 기뻐 보였다.

그런 두 사람의 모습을 바라보는데 문득 카미야마가 내 쪽을 보았다. 그 시선은 열심히 노력했다고 말하는 듯했다.

나는 엄지를 세워 잘했다고 표시했다.

종이봉투에 뚫린 두 개의 구멍에서 빙긋 웃는 두 개의 눈동자가 보였다. 기뻐하는 카미야마를 보자 나까지 기뻐져서 입가가 조금 느슨해졌다.

■ 카미야마는 멋을 부린다

하루사메의 자기소개가 끝나자 아라이와 카미야마도 자기소개를 마쳤다.

아라이는 무사히 끝났고, 카미야마도 교복을 엄청나게 적시며 여러 차례 말이 막혔지만 어떻게든 자기소개를 마쳤다.

네 명의 자기소개가 끝난 타이밍과 거의 동시에 부실에 설치된 스피커에서 종이 울렸다. 문득 시계를 보자 하교 시각이었다. 정신을 차리고 보니 창밖의 하늘도 오렌지색 석양으로 물들어 있었다.

아라이가 입을 열었다.

"오늘은 여기서 끝낼까? 내일부터도 이런 느낌으로 연습하면 되겠지?"

"그래. 그럼 오늘은 해산하고 내일 또——"

내일 또 보자. 내가 그렇게 말하려던 때, 하루사메가 의자에서 벌떡 일어났다.

"잠깐. 아직 안 끝났잖아? 저기…… 그…… 나, 나, 나와 한 약속이……."

"약속을 했던가?"

"너무해! 역시 사기였어? 이…… 사기나토!"

영문을 모르는 나는 솔직히 물었다.

"아니, 미안해. 잘 모르겠는데 가르쳐줄래?"

"가입을 권유할 때 네가 말했잖아……. 클럽활동을 마치고…… 돌아갈 때…… 돌아갈 때……."

가입을 권유할 때 내가 무슨 말을 했나? 나는 하루사메와 처음 만났을 때를 떠올렸다. 확실히 그때 나는 하루사메의 대화에 억지로 끼어들고자――,

『클럽활동을 마치고 돌아가는 길에는 모두와 크레이프 가게에 가보는 것도 좋을 거야. 그렇게 딱딱하지 않은 부거든.』

혹시 이걸 말하나? 혹시나 해서 하루사메에게 물었다.

"크레이프 말이야?"

하루사메는 이마에 송글송글 땀을 흘리며 얼굴을 새빨갛게 물들이고 마법 소녀 패널 쪽을 보았다.

"아짱, 내 말 좀 들어봐. 방과 후에 다 함께 노는 걸…… 해본 적이 없어서 기대했는데……. 갑자기 잊어버리다니 너무하네……."

하루사메는 아짱 씨에게 토로하더니 양손을 꽉 쥐고 이쪽에 등을 진 채 멈춰 섰다. 그 뒷모습이 내게는 매우 쓸쓸해 보였다.

그렇군. 그런 거로군.

대화에 서툴러서 곤란한 사람은 카미야마뿐만이 아니었다. 이 녀석도 이 녀석 나름대로 지금까지 고생이 많았을 것이다. 평범하게 있으면 그럭저럭 귀여운데 아까운 녀석이다.

나는 요란하게 한숨을 쉬고 하루사메에게 말했다.

"아…… 그럼 크레이프 가게에 갈까? 역 근처에 있는 거 맞지?"

하루사메가 패널 쪽을 향한 채 반응했다.

"……정말……?"

"그래, 정말. 당장 가자."

"……응!"

하루사메는 빙글 돌아보더니 애교 부리는 강아지 같은 미소로 고개를 끄덕였다.

나는 아라이와 카미야마에게도 같은 제안을 했다.

"두 사람도 지금 시간 괜찮아? 잠깐 들렀다 갈까?"

아라이는 좋다며 방긋거리는 미소와 함께 고개를 끄덕였다.

아라이가 고개를 끄덕이자마자 하루사메는 오른손으로 아라이의 손을 잡고 왼손으로 마법 소녀 패널을 잡더니 재빨리 교실에서 나갔다. 어지간히 기쁜 모양이다.

나는 그런 하루사메의 뒷모습을 눈으로 좇으며 중얼거렸다.

"하여튼…… 멀쩡한 건지 이상이 있는 건지 모를 녀석이라니까."

두 사람의 뒤를 쫓아 교실에서 나가려던 그때, 문득 신경이 쓰여 뒤를 돌아보자 그 자리에서 움직이려 하지 않는 카미야마의 모습이 보였다.

"카미야마, 왜 그래? 혹시 오늘은 시간이 안 돼?"

카미야마는 종이봉투를 옆으로 붕붕 저었다.

"아니…… 아니…… 아니……! 아니에요……. 저도 방과후에 친구와 노는 게 처음이라! 저기…… 기뻐……서."

카미야마는 그렇게 말하더니 종이봉투를 내 쪽으로 향했다. 종이봉투에 뚫린 구멍에서 엿보인 눈동자가 정말로 기쁜 듯해서 나는 가슴이 살짝 뛰었다.

그러고 보니 카미야마도 지금까지 친구가 없었던가? 나는 기뻐하는 카미야마를 재촉했다.

"그래? 그거 잘됐다. 그럼 우리도 가자. 서두르지 않으면 하루사메 녀석이 잔소리할 거야."

"아아아…… 네……. 지금 당장 준비할게요……!"

준비?

친구와 크레이프를 먹으러 가는데 무슨 준비가 필요하지? 궁금해진 나는 질문을 던졌다.

"카미야마, 준비라니?"

카미야마는 내 질문에 대답하지 않고 대신 갑자기 그 자리에서 반 바퀴 빙글 돌아 내게 등을 졌다. 그리고 양손을 위로 드는가 싶더니 머리에 뒤집어쓴 축축한 종이봉투를 어마어마한 속도로 찢었다. 종이봉투 속에서 카미야마의 뒤통수가 훤히 드러났고, 흠뻑 젖은 흑발이 찰랑거렸다. 어깨까지 오는 검은 머리카락에서 땀이 떨어졌다.

그러고 보니 체육관 뒤에서도 이런 일이 있었지? 나는 입학 첫날의 일을 떠올렸다.

카미야마는 휴…… 하고 크게 숨을 내쉬더니 자유로워진 머리를 붕붕 저었다. 내게는 뒤통수밖에 보이지 않았지만, 좌우로 흔들리는 카미야마의 검은 머리카락이 매우 아름다웠다. 좌우로 흔들리는 머리카락에서 땀이 튀어 내 얼굴에 묻었다. 조금 짠 맛이 내 혀끝에 닿았다.

카미야마는 익숙한 손놀림으로 주머니에서 비닐봉지를 꺼내더니 안에서 종이봉투를 꺼내어 다시 썼다.

그것은 늘 쓰는 갈색 민무늬 종이봉투가 아니었다. 귀여운 곰돌이 캐릭터가 무수히 프린트된 벚꽃색 종이봉투였다.

곰돌이 무늬 종이봉투를 머리에 폭 뒤집어쓰더니 유려한 손놀림으로 눈 부분을 찢고 내 쪽을 보았다. 치맛자락이 살며시 춤추며 탄력 있고 적당한 굵기의 건강한 허벅지가 내 눈에 날아들었다.

"좋았어. 이제 준비 다 됐어요! 이 종이봉투를 가지고 오길 잘했네요!"

나는 혹시 몰라 물었다.

"저기…… 그 곰돌이 종이봉투는 혹시…… 멋을 부린…… 거야?"

카미야마는 아주 씩씩하게 대답했다.

"네! 언젠가 친구와 놀러 갈 때를 대비해 준비했어요. 오늘도 갖고 오길 잘했네요……."

사람의 숫자만큼 멋의 형태가 존재한다.

나는 그런 생각을 하며 곰돌이가 프린트된 종이봉투를 쓰고 발걸음이 가벼운 카미야마와 함께 교실을 나섰다.

크게 들뜬 카미야마가 교실 문을 빠져나가는 것도 잊고 머리를 부딪친 것은 못 본 척해주었다.

LOVELY
BEAR

■ 카미야마는 크레이프를 고른다

식품 샘플이 즐비한 유리 쇼케이스 앞에서 하루사메가 말했다.

"뭐로 할까……? 이 초코바나나도 맛있겠지만, 커스터드 푸딩도 좋은데……. 아라이는 결정했어?"

"으~음, 나는 이 딸기가 든 크레이프에 아이스크림 토핑을 추가할까? 카미야마는 뭐로 할래?"

아라이가 묻자 둘 사이에서 종이봉투를 엿보이는 카미야마가 대답했다.

"이이이이이이 팥과 말차 크림 크레이프도 마마마맛있을 것 같아요요요……!"

여자 셋(그리고 마법 소녀 패널 한 장)은 진지하면서도 즐겁게 크레이프를 골랐다.

나는 세 사람과 한 장에게서 한 걸음 물러나 그런 세 사람의 뒷모습을 보고 있었다.

이곳은 학교에서 가장 가까운 역 근처의 작은 크레이프 가게 앞이다.

먹고 갈 수 있는 공간은 없고, 주문을 받거나 상품을 건네기 위한 작은 창문만 있을 뿐이었다. 안에는 젊은 여성 점원 한 명이 있었다. 알록달록한 앞치마를 두르고 우리의 주문을 기다렸다. 주문용 작은 창문 옆에는 유리로 만든 쇼케이스가 있고, 색색의 식품 샘플이 빼곡히 들어차 있었다.

우리가 다니는 학교에서 가장 가까운 역 근처라는 좋은 입지 조건과 어우러져 가게 앞은 클럽활동을 마치고 돌아가는 학생들로 붐볐다.

……적어도 우리가 오기 전까는.

평소와는 달리 귀여운 곰돌이 무늬의 종이봉투를 뒤집어쓴 카미야마와 마법 소녀 패널을 끌고 다닐 뿐만 아니라 그 패널을 향해 계속 말을 거는 하루사메를 본 학생들은 분주히 역 쪽으로 가버렸다.

크레이프 가게 안에서는 딱딱한 영업용 미소를 짓는 여성 점원이 이쪽을 보고 있었다.

점원분께 사과드립니다.

내가 마음속으로 크레이프 가게의 점원에게 사과하는데 세 사람이 쇼케이스에서 떨어졌다. 아무래도 메뉴를 정한 모양이다.

나는 가방에서 지갑을 꺼내려는 아라이에게 말을 걸었다.

"메뉴를 정했어? 뭐로 하게?"

"나는 딸기 크레이프에 아이스크림 토핑을 추가하려고. 너는 뭐로 할래?"

아라이의 질문을 받은 나는 곧 몇 년이나 크레이프를 먹지 않았다는 사실을 깨달았다. 유리 쇼케이스에 얼굴을 들이대고 쳐다보았지만, 죄다 끌리지 않았다.

"글쎄, 잘 모르겠으니 너희 메뉴 중 하나로 똑같이 주문해줘."

"주체적이지 못한 남자네……. 남자라면 메뉴 정도는 척척 정해야지."

"크레이프를 먹는 게 오랜만이라 뭐가 좋을지 모르겠어. 그냥 너랑 같은 거로 할게."

"나, 나, 나와 같은 거?"

하루사메는 어쩐지 당황했다.

"왜 그렇게 당황해?"

"하지만 그건…… 똑같은 메뉴를 둘이서 먹는 건…… 가, 가, 간접 키스……잖아……? 그런 건 무리야, 무리, 무리!"

"아니, 그게 무슨……."

하루사메는 얼굴을 새빨갛게 물들이며 한발 먼저 주문용 창문으로 달려가더니 재빨리 주문을 마쳤다.

하여튼 망상력이 대단한 녀석이다. 하루사메가 남자를 어려워하는 건 그런 생각만 하기 때문이 아닐까?

난감한 나는 옆에 있던 카미야마에게 물어보기로 했다.

"카미야마는 뭐로 정했어? 나도 같은 걸 주문하려고 하는데."

카미야마의 몸이 움찔 경직되었다. 곰돌이 무늬 종이봉

투에서 삐져나온 머리카락에서 땀이 뚝뚝 떨어져 발밑의 아스팔트 색깔이 점점 변해갔다.

"아니, 그렇게 긴장하지 않아도 돼……. 어떤 메뉴를 골랐는지 손가락으로 가르쳐주면 돼."

카미야마는 덜덜 긴장한 채 천천히 팔꿈치를 수직으로 구부렸다. 그리고 어깨 넓이로 발을 벌리고 심호흡을 한 번 했다.

"……이이이이이이걸로 정했어요!"

카미야마는 얼굴을, 아니, 종이봉투를 숙이며 가게 앞의 유리 쇼케이스에 즐비한 식품 샘플 중 하나를 힘차게 가리켰다.

그 순간.

콰앙! 하는 소리와 함께 카미야마의 하얗고 긴 손가락이 유리를 뚫었다. 유리 쇼케이스에 카미야마의 손가락을 중심으로 거미줄 모양의 금이 갔다.

점원이 굳었다.

아라이는 미소를 띤 채 움직이지 않았다.

하루사메는 아짱 씨에게 못 본 척하라고 말했다.

카미야마는 유리에 꽂힌 손가락을 빼며 풀썩 무너져내렸다.

나는 굳은 점원에게 다가가 미안한 듯 주문했다.

"죄송합니다……. 여기서 가장 비싼 거로 주세요……."

내 말에 제정신이 든 점원은 황급히 크레이프를 만들기 시작했다. 크레이프 하나를 주문하는 데 이 고생이라니.

다음부터 내 메뉴는 내가 결정하자. 나는 마음속으로 그렇게 다짐했다.

■ 카미야마는 크레이프를 먹는다

우리는 크레이프를 한 손에 들고 가까운 공원에 왔다.

나는 통상적인 크레이프보다 다섯 배는 크고 각종 과일과 생크림이 잔뜩 든 스페셜 크레이프를 들고 있었다. 중량은 1.5kg. 가격도 2,500엔으로 매우 풍성한 크레이프였다.

나는 과일의 산더미 맨 위에 놓인 체리를 집어 입에 던져넣었다.

"……가장 비싼 거라고 말하기는 했지만, 설마 이런 게 메뉴에 있을 줄이야……. 2,500엔은 너무 비싸잖아……. 이번 달 용돈이……."

아라이는 풀 죽은 내게 안타깝다는 듯 말을 걸었다.

"너무 침울해하지 마, 코미나토……."

나는 풍성한 크레이프를 한 입 베어 물었다.

"아라이……."

"체리…… 안 좋아하는구나?"

아니, 응. 저기, 응. 뭔가 좀 핀트가 어긋났지만, 일단 고마워.

하루사메도 대화에 끼어들었다.

"너 왜 그래? 아, 혹시 많이 못 먹는 거야? 원한다면 내가 먹어줄까?”

나는 마음대로 하라고 생각하며 대답했다.

“그래……. 괜찮다면 먹을래?”

나는 하루사메에게 특대 크레이프를 들이밀었다. 본래 단 음식을 별로 좋아하지 않는다. 이만큼 단 음식은 들고 있기만 해도 위가 더부룩하다.

하루사메는 눈을 빛내며 내게서 크레이프를 받아들더니 즉각 덥석 베어 물었다.

“이렇게 맛있는데…….”

하지만 공짜로 주기도 아까우니 나는 하루사메를 살짝 놀리기로 했다.

“그래, 내게는 좀 많아서……. 나머지는 네가 먹어……. 내가 먹던 것이지만.”

먹던 것이라는 대목을 특히 강조했다.

하루사메는 펑 하는 소리가 날 정도로 한순간 얼굴을 새빨갛게 물들이는가 싶더니 갑자기 소리치며 달려갔다.

“아짱! 나…… 오염됐어……! 더러워졌어! 역시 남자는 역겨워! 더러워! 더러미나토!”

그 모습을 보던 아라이가 황급히 하루사메를 쫓아갔다.

“기다려, 하루사메! 코미나토는 거의 매일 씻을 테니 그렇게까지 더럽지는 않을 거야! 그러니까 기다려!”

나는 최근에 깨달은 것이 있다. 아라이도 역시 조금 이상하다.

거의라느니 그렇게까지라느니, 대체 무슨 뜻일까?

이따금 얼토당토않은 소리를 하거나 태연히 죽이겠다고 한다. 다정하고 책임감 강한 우등생인 줄 알았는데 정체 모를 다른 무언가가 아닐까……?

나는 가벼운 충격과 약간의 공포를 느끼면서도 상관없다며 생각을 고쳤다.

멀어지는 두 사람을 바라보며 옆으로 시선을 보냈다. 내 옆에서는 카미야마가 맛있게 크레이프를 먹고 있었다.

종이봉투 끝으로 능숙하게 크레이프를 집어넣자 종이봉투가 부스럭부스럭 움직였다. 그리고 종이봉투에서 나온 크레이프에는 귀여운 잇자국이 나 있었다.

잘도 먹네.

나는 감탄하며 카미야마에게 물었다.

"카미야마, 크레이프 맛있어?"

카미야마는 크레이프에 몰두했는지 황급히 곰돌이 무늬 종이봉투를 이쪽으로 향했다.

"네네네네네에! 맛있어……요……."

종이봉투에서 삐져나온 머리카락에서 땀이 뚝 떨어졌다.

"그래?"

나는 오렌지색 하늘을 바라보며 카미야마에게 말했다.

"오늘은 클럽활동 첫날을 소화하느라 수고했어."

"……네……. 코미나토도…… 수고……했어요……."

"친구가 늘어나서 다행이야."

카미야마는 기쁜 듯 종이봉투를 위아래로 끄덕였다.

"코미나토와…… 아라이 덕분이에요……. 고마워요……."

따뜻한 봄바람이 우리 사이를 빠져나갔고 흩날리는 벚꽃잎이 하늘하늘 춤췄다. 저녁놀이 비치는 공원은 평온한 봄의 분위기에 감싸여 있었다.

"저도……."

카미야마가 조용히 입을 열었다.

"저도…… 하루사메와 마찬가지로 이렇게 모두와 클럽활동을 하거나…… 방과 후에 군것질해보고 싶었어요……."

나는 조용히 카미야마의 이야기를 들었다.

"코미나토와 친구가 된 뒤로…… 저는 처음 경험해보는 게 많아요."

봄바람은 벚꽃잎을 더욱 흩날렸다.

"우선…… 친구가 생겼죠……. 게다가 클럽활동도 했죠……. 그리고 크레이프도 먹었죠……."

카미야마는 하나하나 확인하듯 하얗고 긴 손가락을 하나씩 접으며 지금까지의 일을 세었다. 나는 어쩐지 쑥스러워서 먼 곳을 바라보았다. 공원의 맞은편에서는 아라이가 소리치며 달리는 하루사메를 쫓고 있었다.

카미야마는 지금까지의 일을 한바탕 꼽더니 내 쪽으로

종이봉투를 향했다.

"그러니까…… 코미나토. 앞으로도 모두와 다양한 일을 잔뜩 하며…… 즈즈즈즈즈즈즐거운 고교 생활을…… 보내고…… 싶어요……."

즐거운 고교 생활이라.

입학식 당일에 카미야마의 레이더에 걸린 이후, 한때는 어떻게 될까 싶었던 나의 고교 생활. 하지만 지금은 이런 것도 괜찮겠다고 생각할 정도로는 매일 충실히 보내는 것 같다.

"안 될……까요……? 코미나토……."

"아니, 안 되긴 왜 안 돼. 즐거운 고교 생활을…… 보내……자……."

나는 그렇게 말하며 카미야마에게 시선을 되돌렸다. 그곳에는 곰돌이 무늬 종이봉투에 벚꽃잎을 잔뜩 붙인 카미야마가 있었다.

바람에 날린 꽃잎이 땀에 젖은 종이봉투에 달라붙은 모양이었다.

카미야마는 내 얼굴을 보고 고개를 갸웃거렸다. 나는 웃음을 참으며 말했다.

"아니, 아무것도 아니야. 그 종이봉투는 봄 분위기가 나서 잘 어울려."

벚꽃잎으로 장식된 종이봉투는 더할 나위 없이 봄다웠다.

카미야마는 뚜둑 소리가 날 정도로 딱딱하게 굳어서 머리카락과 교복에서 땀을 뚝뚝 흘렸다. 그런 카미야마를 흐뭇하게 보던 내 눈앞에서 하늘하늘 춤추는 벚꽃잎 하나가 또 카미야마의 종이봉투를 장식했다.

이런 고교 생활도 나쁘지 않지…….

나는 봄바람을 맞으며 멍하니 그런 생각을 했다.

카미야마와 골든위크!

kamiyama san no
Kamibukuro no
naka niha

■ 코미나토 나미토는 포기한다

칠판 위에 달린 스피커에서 4교시 종료를 알리는 종이 울렸다. 점심시간이다. 1학년 1반 교실이 단숨에 시끌벅적해지며 학생들이 각자 무리 지어 점심을 먹기 시작했다.

나도 점심을 먹고자 내 자리에서 도시락을 펼치자 앞자리에 앉아있던 카미야마가 어색하게 돌아보았다.

"코코코코미나토…… 같이…… 바바바바밥, 머…… 머…… 먹!"

카미야마는 괴상한 소리를 내며 양손으로 종이봉투에 감싸인 입가를 누르고 몸을 뒤로 젖혔다. 어떻게든 얼굴만은 이쪽을 향했지만, 종이봉투의 입가에 희미하게 붉은색이 번졌다. 피가 날 정도로 크게 혀를 깨문 모양이다.

카미야마는 한동안 통증을 견딘 뒤, 이번에는 혀를 깨물지 않도록 천천히 입을 열었다. 물론 그 입은 갈색 종이봉투에 가려져 보이지 않았지만.

"아야야야야…… 저…… 저기, 코미나토…… 같이 밥 먹어요……."

"그래, 좋아."

나는 내 도시락을 끝으로 당겨 책상 위에 공간을 만들었다.

카미야마는 가방에서 곰돌이 캐릭터가 그려진 작은 도시락 가방을 꺼내어 내 책상에 두었다.

이 곰돌이 캐릭터. 전에 카미야마가 멋을 부릴 때 썼던 종이봉투에 그려져 있던 것과 똑같다. 혹시 이 캐릭터를 좋아하나? 내가 멍하니 그런 생각을 하는데 아라이가 우리 옆에 서 있었다.

"나도 같이 먹어도 돼?"

"응, 그래."

"네네네네에……! 가가가같이 먹읍시다요!"

이것이 바로 최근 점심시간의 광경이다.

4월도 막바지에 가까운 어느 평일의 점심시간.

우리가 여느 때처럼 셋이서 점심을 먹는데 한 남학생이 겁먹은 모습으로 다가왔다.

"……저, 저기…… 교실 밖에…… 뭐랄까, 엄청난 게 있는데…… 아마 코미나토에게 볼일이 있는 게 아닐까……?"

"볼일? 내게?"

남학생은 그 말만 하고 마치 우리와는 엮이고 싶지 않다는 듯 재빨리 자기 자리로 돌아갔다.

누굴까? 나는 젓가락을 내려놓고 일어나서 교실 문을 열고 복도로 나가보기로 했다.

그곳에는 마법 소녀가 이쪽을 바라보고 있었다. 그리고 마법 소녀에게 경쾌한 대화를 펼치는 여학생의 아담한 뒷모습이 보였다. 보이지 않으면 좋을 텐데 보였다.

짧은 치마에 검은 니삭스. 양옆으로 동그랗게 묶은 머리카락을 튕기며 헐렁한 연분홍 카디건을 걸친 하루사메였다.

"아하하, 그러고 보니 아짱. 오늘 숙제는 했어?"

하루사메는 최대한 짧게 줄인 치맛자락을 흔들며 마법소녀의 패널에 말을 걸었다. 상대는 그냥 패널이다. 종이다. 당연히 대답이 돌아올 리 없지만, 아무래도 하루사메에게는 무언가가 들리는 모양인지 혼자 멋대로 대화를 이어갔다.

"그래? 아짱은 영어를 잘하니까. 나는 숙제를 깜빡했어. 좀 보여줄래?"

이 녀석은 만약 "그래"라는 대답이 돌아오면 뭘 볼 생각일까? 남의 일이지만 걱정이 되었다.

하루사메는 그런 나를 알아챈 기색도 없이 아짱 씨와 대화를 이어갔다.

"그래……? 역시 숙제는 직접 해야겠지."

아무래도 숙제는 보지 못하게 된 모양이다. 어떤 의미로 다행이다.

복도 너머에서 몇 명의 여학생이 즐겁게 이야기를 나누며 이쪽으로 걸어왔지만, 패널에 계속 말을 거는 하루사메의 존재를 알아채자 지금까지의 즐겁던 표정이 돌변하더니 딱한 시선을 보내며 떠나갔다.

나는 더 이상 우리 반 앞에서 이상한 행동을 하게 둬서는 안 된다는 생각에 하루사메의 뒤통수에 말을 걸었다.

"하루사메 아니야? 이런 곳에서 뭐 하고 있어?"

하루사메는 어깨를 움찔 떨었지만, 내 존재를 무시하고 이쪽에 등을 진 채 아짱 씨와 대화를 계속했다.

"……나도 부원인데 나만 점심 자리에 부르지 않다니 너무하지 않아? 역시 아짱도 그렇게 생각해? 분명 그 코미나토 짓일 거야……. 코미나토 자식…… 언젠가 죽여버리겠어……."

그러고 보니 우리 대화부 네 명 중 이 녀석만 반이 다르다.

나는 교실에서 홀로 덩그러니 점심을 먹는 하루사메의 모습을 상상했다.

벽에 책상을 붙이고 옆에는 마법 소녀 등신대 패널을 둔 채 홀로 아짱 씨에게 말을 걸며 점심을 먹는 하루사메의 모습이 머리에 떠올랐다. ……동시에 그런 하루사메를 두려워하는 반 친구들의 모습도 떠올랐지만, 그쪽은 잊어버리기로 했다.

하루사메는 마법 소녀 패널을 향해 코미나토를 죽이겠다는 말을 연발했다. 이대로 여기서 계속 날 저주하게 두면 공공복지에 반한다고 생각한 나는 하루사메를 점심 자리에 끼워주기로 했다.

"아…… 거기 있는 하루사메. 괜찮다면 우리와 함께 점심을 먹지 않을래?"

하루사메는 머리를 패널 쪽으로 향한 채 목 아래의 몸만 을 이쪽으로 향했다. 어떻게 하면 그렇게 움직일 수 있을까? 나중에 공포 영화 전문 감독에게 가르쳐주는 게 좋지 않을까?

"어…… 어…… 어라, 그 목소리는 코미친나토잖아? 무슨 일이야? 내게 무슨 볼일이 있어?"

"쓸데없는 글자가 섞였거든……? 아니, 너만 괜찮다면 같이 점심을 먹는 게 어떨까 해서. 아라이랑 카미야마도 있고."

하루사메는 여전히 머리는 맞은편을 향한 채 몸만 이쪽을 향하는 기묘한 자세로 말했다.

"나, 나, 나랑? 왜 내가 너 따위와 점심을 같이 먹어야 하는데!"

그래? 알았어. 잘 지내고 클럽활동부에서 또 보자. 그렇게 빠르고 깔끔하게 말한 뒤 교실로 돌아가도 좋았겠지만, 그러면 이 녀석은 하염없이 이곳에서 내게 저주를 걸어대어 죄도 없는 학생들이 겁을 내며 나를 부르러 올지도 모른다.

여기서 꺾여서는 안 된다. 힘내라, 코미나토. 젖 먹던 힘을 다해라, 코미나토.

나는 하루사메가 마음에 들 법한 말을 골라 다정하게 내

뱉었다.

"아이~ 그렇게 하자. 밥은 많은 친구와 함께 먹는 게 더 맛있잖아? 게다가 나는 너와 함께 밥을 먹고 싶어."

마지막 말은 딱딱했을지도 모르지만, 신경 쓰지 말자. 하루사메는 그 자리에서 양손을 파닥거리며 기쁜 듯한 목소리를 냈다.

"코, 코미나토가…… 나랑? 벼…… 벼벼별수 없네……. 네가 그렇게까지 말한다면 먹어줄 수도 있지."

하루사메는 말이 채 끝나기도 전에 아짱 씨의 손을 끌고 기쁜 듯 우리 교실로 들어갔다. 자세히 보니 이미 손에는 도시락도 들려 있었다. 얘 뭐야? 처음부터 그럴 생각이었냐?

하루사메가 우리 교실에 들어온 순간, 교실이 단숨에 술렁였다.

나는 하루사메가 등신대 패널과 대화하며 교실에 들어갔을 때 술렁거리는 소리를 복도에서 듣고 있었다. 반 친구들의 긴박함이 복도까지 전해졌다.

교실이 술렁이는 소리를 들으며 나는 다짐했다. 다음부터는 이 녀석도 부르자. 그리고 가능하면 다른 곳에서 점심을 먹자.

나도 하루사메의 뒤를 따라 우리 책상으로 돌아갔다. 아라이는 미소로, 카미야마도 아마 미소를 지었을 종이봉투로 하루사메를 맞이해주었다.

네 사람의 도시락이 늘어선 책상을 앞에 두고 아라이가 젓가락을 든 손을 멈추고 입을 열었다.

"이제 곧 5월 연휴인데, 우리 대화부도 뭔가 활동을 하지 않을래?"

나는 참지 못하고 아라이에게 말했다.

"휴일에도 클럽활동을 해?"

내가 묻자 아라이는 태연히 대답했다.

"응, 딱히 이상한 일도 아니야. 운동 계열 클럽활동부는 일요일에도 연습하잖아?"

듣고 보니 그랬다. 하지만 연휴에까지 클럽활동을 하다니, 귀찮을 것 같았다. 그렇게 생각하며 옆눈으로 힐긋 카미야마와 하루사메를 보자 두 사람은 아라이의 제안에 눈을 빛내고 있었다.

3대 1. 다수결을 운운할 것까지도 없이 나는 민주주의 앞에서 패배를 당했다. 나는 도시락의 달걀프라이를 거칠게 들고 마구 입에 쑤셔 넣었다.

■ 카미야마와 하루사메는 난감하다

"그래서 골든위크의 대화부 활동 말인데, 뭘 하면 좋을까?"

점심시간. 1학년 1반 교실의 내 자리에서 네 명이 모여 점심을 다 먹자 아라이가 말했다.

나는 잠시 생각한 뒤 떠오른 말을 그대로 입 밖에 냈다.

"글쎄……. 보통 연휴의 클럽활동이라고 하면 연휴이니 기껏해야 실전을 섞어 미흡한 부분을 극복하거나 반대로 능숙한 부분을 강화하는 특별 메뉴를 짤 것 같은데."

"미미미미흡한 부분……이요……!"

미흡한 부분이라는 단어를 들은 카미야마의 종이봉투에서 나온 머리카락 끝에서 땀이 뚝뚝 떨어져 책상 위에 작은 자국을 냈다.

그것을 본 하루사메는 주머니에서 손수건을 잔뜩 꺼냈다. 그리고 투덜거리면서도 책상에 떨어진 카미야마의 땀을 닦아주었다. 언젠가 약속한 대로 손수건을 잔뜩 갖고 다니는 모양이다.

나는 하루사메의 의외의 일면에 감탄하며 계속 말했다.

"응, 미흡한 부분을 실전에서 부딪치는 거지. 우리 부에 대입하자면…… 그래, 일상생활이나 대인관계 속에서 난감한 일을 실제로 해보고 그것을 극복하는 느낌이려나?"

우리 대화부의 표면적인 활동 내용은 대화 연습을 하는 것이며 다른 사람과 보다 나은 의사소통을 하여 원활한 일상생활을 얻는 것이다. 나의 이 제안도 아예 틀린 것은 아니리라.

물론 카미야마를 멀쩡하게 만들어 내게 올 피해를 최소한으로 틀어막자는 숨은 이유도 있지만.

땀을 다 닦은 하루사메가 말했다.

"난감한 일을 극복한다……? 코미나토도 가끔은 바른말을 하네."

"가끔이라는 부분은 쓸데없지만 고마워. 그런데 세 사람은 평소에 생활하며 뭔가 난감한 일이 있어?"

내가 묻자 하루사메와 카미야마는 완전히 똑같은 동작으로 팔짱을 끼고 생각하는 포즈를 취했다. 그리고 그대로 고개를 같은 방향으로 기울이며 한동안 생각하더니 동시에 입을 열었다.

"쇼핑할 때……이려나요……?"

"쇼핑할 때……이려나……?"

의외의 대답이 돌아와서 나는 내심 깜짝 놀랐다.

당연히 학교생활이나 사교 활동에 관한 말이 나올 줄 알았는데 의외의 대답이라 놀라서 질문을 던졌다.

"쇼핑할 때 뭐가 난감해? 딱히 난감할 일도 없을 것 같은데."

하루사메가 먼저 대답했다.

"……너는 아무것도 모르는구나……. 원하는 물건이 어디에 있는지 모를 때 엄청 난감해."

"그냥 점원에게 물어보면 되잖아?"

하루사메는 요란하게 한숨을 쉬었다.

"이래서 꽝미나토라는 거야."

"처음 듣는뎁쇼."

"잘 들어. 특히 요즘 점원은 엄청 불친절해. 어디에 무슨 상품이 있는지 전혀 가르쳐주지 않는다고."

요즘 점원이 불친절해졌다고 생각한 적이 없는 나는 하루사메가 어떻게 물건을 찾는지 물어보았다.

"너는 보통 물건을 찾을 때 어떻게 점원에게 물어봐?"

"지극히 평범해. 점원 옆으로 가서 이 아짱과 이야기를 하지! 저기, 아짱, 그건 어디에 있을까? 이렇게 말이야. 하지만 돌아보면 점원은 사라지고 없어. 불친절하다니까."

하루사메는 그렇게 말하고 옆자리의 마법 소녀가 그려진 등신대 패널을 톡 쳤다.

아아, 그랬구나. 우리와는 비교적 평범하게 대화할 수 있게 돼서 잊고 있었지만, 보통은 이 아짱이라는 이름의 애니메이션 캐릭터 패널하고만 대화할 수 있었지?

"정말 무례하다니까……. 그래서 찾는 물건이 있어도 찾을 수가 없어서 못 사고 돌아온 적도 있어…….”

나는 어안이 벙벙한 채 하루사메에게 고개를 끄덕인 뒤 카미야마에게도 물어보았다.

“그렇구나……. 그런데 카미야마도 그래?”

“저저저저요……? 저는…… 더 근본적이라고 할까…….”

“근본적?”

카미야마는 몸을 기묘하게 배배 꼬고 땀을 뚝뚝 흘리며 말했다.

“……저기…… 그러니까…… 상품을 집으면…… 젖어서…… 죄다 사야…….”

“아아…… 그래…….”

확실히 근본적이었다.

“그그그그리고…… 또 한 가지…….”

“아직 더 있어?”

“네……. ‘얼굴을 가린 상태로 입장하실 수는 없습니다’라는 말을 들어서…… 가게에 들어가지 못하는 일도 잦아요…….”

편의점 등에 붙어 있는, 헬멧 착용 시 입장 불가, 같은 건가? 설마 쇼핑 수준에도 도달하지 못할 줄은 몰랐다.

그런 두 사람의 이야기를 듣던 아라이가 입을 열었다.

“그렇다면 연휴의 대화부 활동은 쇼핑 연습으로 하지 않을래? 모두 번화가로 나가서 쇼핑 연습을 하자.”

아라이의 제안을 들은 하루사메는 꽃이 핀 듯한 미소를

짓더니 고개를 끄덕였다. 카미야마가 종이봉투 속에서 기쁜 듯 중얼거리는 소리가 들렸다.

"휴일에 친구와 쇼핑이라니……. 처음이야……."

나는 기뻐하는 카미야마에게 찬물을 끼얹을 수도 없어서 다음 연휴에 클럽활동부 활동으로 쇼핑 연습을 하러 가기로 떨떠름하게 승낙했다.

■ 아라이는 사복을 입는다

5월의 연휴 첫날.

나는 학교에서 가장 가까운 대형 번화가가 있는 역에서 내려 개찰구를 빠져나간 뒤 약속 장소로 향했다. 연휴 첫날이기도 하여 역 앞은 사람들로 북적였다.

나는 사람이 많은 곳을 싫어한다. 사람 때문에 속이 울렁거린다.

앞에서 발 빠르게 걸어오는 인파를 좌우로 헤치고, 뒤에서 오는 흐름을 거스르지 않도록 필사적으로 걸었다. 이따금 걷는 사람과 부딪치기 직전에 피하며 역 안을 빠져나갔을 무렵에는 불과 몇백 미터밖에 걷지 않았는데도 녹초가 된 상태였다.

오늘 클럽활동이 얼마나 난관일지 예상이 가는데…….

나는 벌써 꺾이려는 마음을 안고 약속 장소로 향했다.

우리가 약속 장소로 고른 곳은 역에 있는 강아지 동상 앞이었다.

이 동상. 평소에도 모두가 약속 장소로 이용하는 랜드마크 같은 곳이라 주변은 늘 많은 사람으로 넘쳐난다. 오늘은 연휴 첫날이기도 하여 동상에 다가갈수록 점점 인파가 늘어났다.

여기까지 많은 인파를 헤치며 필사적으로 걸어왔지만, 나는 마침내 인파에 취해 속이 울렁거려서 걷는 속도가 느려졌다. 정신을 차리고 보니 약속 시각이 5분 정도 지나 있었다.

늦으면 하루사메에게 무슨 말을 들을지 모른다.

인파에 취해 울렁거림을 참으며 동상으로 서둘러 가자 갑자기 훅…… 하고 인파가 끊어졌다. 이 앞에 뭔가 있나?

나는 갑자기 걷기 편해진 상황을 반기며 재빨리 동상에 다다랐다. 그리고 이 주변에만 사람이 없던 이유를 알았다.

"아짱도 같이 가자! 분명 그 영화는 재미있을 거야. 아짱이 좋아하는 배우도 나온대! 아, 극장에 가면 팝콘을 사야겠다!"

즐거운 듯 애니메이션 캐릭터 등신대 패널과 대화를 나누는 하루사메가 그곳에 있었다. 하루사메는 끊임없이 패널에게 말을 걸고 있었다.

"팝콘을 살 때 어느 쪽이야? 나는 역시 캐러멜 팝콘이려나……? 하지만 정석인 소금 맛도 놓칠 수 없어!"

연분홍 카디건에 짧은 체크무늬 치마를 입었고, 치마와 검은 니삭스 사이에 생겨난 절대 영역이 눈부셨다. 동그란 눈에 오뚝한 콧날을 가진 반듯한 얼굴. 아담하며 어디서 어떻게 봐도 요즘 인기 있는 여자지만, 저 녀석은 왜 저렇게 유감스러운 걸까?

그리고 또 한 사람.

마법 소녀 등신대 패널에 말을 거는 하루사메의 옆에는 카미야마가 있었다.

성숙한 디자인의 긴 치마를 입고 여름용 스웨터와 데님 재킷이 어우러져 늘씬한 장신이 더 돋보였다. 몸 앞쪽에 달린 멜론처럼 커다란 가슴이 여름용 스웨터를 부풀려 그곳만 니트의 짜임이 가로세로로 늘어났다. 봄답게 심플한 연녹색 종이봉투를 쓴 모습은 올봄의 트렌드가 될지도 모르겠다. 아니, 될 리가 없지. 그리고 물론 온몸은 땀으로 흠뻑 젖었다.

때는 그야말로 세기말이었다.

이러니 이 주변에만 사람이 없지…….

나는 반사적으로 발길을 돌릴 뻔했지만, 이것도 다 대화부를 위한 일이다. 나아가 나 자신을 위한 일이라고 되뇌며 두 사람에게 말을 걸었다.

"미…… 미안해. 조금 늦었네. 오래 기다렸어?"

카미야마는 나를 알아채자 황급히 말했다.

"아, 코코코코코미나토……! 아니요……. 전혀 기다리지 않았않았않았어요……. 저도 지금 막 왔거든요……."

그렇게 말하며 황급히 몸 앞에서 양손을 파닥파닥 흔든 카미야마의 옷에서는 평소보다 한층 더 격렬하게 땀이 떨

어졌다. 자세히 보니 옷도 종이봉투도 발밑의 땅까지 평소보다 더 축축해져 있었다. 마치 카미야마만을 노린 국지성 폭우가 내렸다고 해도 믿을 지경이었다.

이 정도의 땀이라면 30분은 여기서 기다렸겠군……,

나를 알아챈 하루사메가 패널 쪽을 향한 채 입을 열었다.

"느, 느, 늦었잖아! 난 또…… 지나가던 살인귀에게 얼굴 가죽이라도 벗겨진 줄 알았는데 아무래도 무사했던 모양이네……. 조금 안심했어……."

"발상이 비정상이야."

"하, 하, 하지만…… 무슨 일이 있을지 모르잖아? 거…… 걱정했다고……."

일단 걱정해준 모양이다. 늦었다는 점은 변함없으니 나는 순순히 사과하기로 했다.

"늦어서 미안해. 그런데 아라이는?"

땀을 흘리며 카미야마가 대답했다.

"아라이는…… 아직 안 온 모양……이에요……."

카미야마가 그렇게 말하던 때, 인파 너머에서 아라이의 목소리가 들렸다.

"미안해. 뭘 입고 갈지 몰라서 조금 늦었어."

아라이는 그렇게 말하며 우리에게 달려왔다. 여기까지 뛰어왔는지 헉헉대며 어깨를 들썩였다. 나는 숨을 고르는 아라이를 보며 질문 하나를 던졌다.

"아니, 나도 늦었으니 괜찮지만…… 왜 교복을 입고 왔어……?"

우리의 눈앞에는 평소와 다르지 않은 교복 차림의 아라이가 있었다. 호흡이 되돌아온 아라이는 태연히 말했다.

"응? 이건 사복인데?"

"사복? 이게?"

아라이의 옷을 위아래로 자세히 보았지만, 아무리 봐도 학교에서 지정한 교복으로밖에 보이지 않았다. 내 시선의 의미를 알아챘는지 아라이가 말했다.

"응. 이건 휴일용 교복이야. 평소에 입는 건 학교용 교복이고."

휴일용 교복이라고 들은 것 같은데, 내 귀가 이상한 건가? 나는 질문을 거듭했다.

"저기, 그게…… 그러니까…… 무슨 소리야?"

"음~ 이건 사복이야. 교복과 똑같은 걸 몇 벌 갖고 있거든."

"……왜?"

"왜냐고? ……고등학생……이니까?"

아라이는 왜 그런 질문을 하는지 모르겠다는 듯 웃으며 대답했다.

응, 아라이도 역시 조금 이상하다.

뭘 입고 갈지 몰랐다는 건 똑같은 몇 벌의 교복 앞에서 고민했다는 뜻이지?

세 사람은 오늘 어디 가서 쇼핑할지 상의하고 있었다. 나는 아라이의 모습을 보며 모두에게 제안했다.

"옷을 사러 가자……. 교복이 아닌 것으로……."

■ 카미야마는 비책을 준비했다

우리 네 사람과 한 장의 패널은 인파로 북적이는 연휴의 번화가를 걸으며 젊은 여성을 타깃으로 한 옷가게를 찾았다. 이렇게 사람이 많은데 우리가 여유롭게 거리를 걸을 수 있는 이유는…… 모르겠다. 아니, 정말로 모르겠다. 모르는 셈 쳐주면 좋겠다.

한동안 거리를 걸은 우리는 이윽고 옷가게 한 곳을 발견하여 가게 앞에 멈춰 섰다. 유리 너머로 가게 안을 엿보자 우리와 비슷한 또래 정도의 젊은 여자 그룹 몇 팀이 즐겁게 옷을 고르고 있었다. 나는 일행을 향해 돌아보며 말했다.

"이 가게 괜찮은 것 같은데?"

하루사메는 가게 안을 보더니, 험악한 표정으로 침을 꿀꺽 삼켰다.

"……이거 강적이네……."

옷가게를 표현하는 말에 웬 강적.

"강적이라니……. 대체 뭐가 강적이야?"

"그, 그, 글쎄 안을…… 봐……."

나는 그 말을 듣고 가게 안을 보았다. 밖에서 빛이 들어와 밝은 가게 안에서는 몇 팀의 젊은 여성 그룹이 즐겁게 옷을 보고 있었다. 세련된 차림의 여성 점원이 손님을 향해 상냥하게 옷을 권했다. 가게 앞에 진열된 세일 품목을 보니 가격도 그다지 비싸지는 않은 모양이었다.

"그냥 평범한 옷가게잖아? 취향이 안 맞아서 그래?"

하루사메는 고개를 숙이더니 툭 내뱉었다.

"……하지만…… 저길 봐. 남성 점원이 있어."

나는 다시 한번 가게 안을 보았고, 접객 중인 점원 중에 남자도 있었다.

"너도 참……. 오늘은 그런 걸 연습하러 온 거잖아? 일단은 노력해보자."

"그, 그래……. 그렇지. 연습해야지. 클럽활동을 하러 온 거니까……. 연습…… 연습……."

불안한 표정으로 연습을 연발하는 하루사메에게 기운을 북돋아 주고자 나는 되도록 밝은 목소리로 말했다.

"그래, 연습이야. 여차할 때는 도우러 갈게."

"고, 고, 고마워……. 그래……. 오늘이야말로 해내야 해. 아짱뿐만 아니라 점원이나 옷이나 선반과도 이야기할 수 있어야 곤란하지 않겠지……."

아니, 맞지만 틀렸다.

하지만 처음에는 조용히 보고 있자. 나는 하루사메에게서 카미야마에게로 시선을 옮겼다.

"카미야마는 괜찮을 것 같아?"

카미야마도 분명 불안해서 땀을 뻘뻘 흘릴 것이라 생각하여 말을 걸었는데 그녀는 어깨에 멘 작고 하얀 가방을 부스럭부스럭 뒤지고 있었다.

"저저저저저기 말이죠…… 오늘을 위해 준비한 게…… 이이이있어요……."

카미야마는 그렇게 말하며 가방에서 한 장의 종이봉투를 꺼냈다. 그리고 아무에게도 얼굴이 보이지 않도록 구석에서 쭈그리고 앉더니 지금 쓰고 있는 종이봉투를 재빨리 벗고 아까 꺼낸 종이봉투를 썼다.

새로운 종이봉투를 쓴 카미야마는 일어서서 우리 쪽을 돌아보았다.

"짜…… 짜~잔……. 이이이이거…… 어때요……?"

나는 이쪽을 본 카미야마의 모습에 할 말을 잃었다.

카미야마의 종이봉투에는 꼬마 아이가 마구 그린 듯한 여자아이의 얼굴이 그려져 있었다. 평소에는 난잡하게 찢었던 눈구멍도 여자아이의 눈 부분에 맞추어 가위 같은 것으로 깔끔하게 뚫려 있었다.

"카미야마…… 그거 설마……."

"네……. 오늘은 연습이니 준비해 왔어요! 하지만 잘 그리질 못해서…… 몇 번이나 다시 그렸어요……!"

이 녀석들은 노력의 방향이 크게 잘못되었다.

내가 뭐라고 말을 하면 좋을지 망설이는데 옆에 있던 아라이가 카미야마의 손을 잡고 여느 때처럼 방긋거리는 미소를 지으며 말했다.

"카미야마! 엄청 귀엽다! 그거라면 괜찮을 거야, 암암!"

나왔다. 아라이의 근거 없는 '괜찮아'.

귀엽다는 말을 들은 카미야마는 여느 때와 다름없이 땀을 흘리며 어색하게 감사 인사를 했다.

하루사메도 카미야마에게 말을 걸었다.

"오, 오호…… 노력했네, 카미야마……. 정말 대단해. 나도 노력해야겠어. 오늘은 연습이니 아짱은 여기에 두고 가야겠지……? 하지만 어쩌지……?"

하루사메는 한동안 생각에 잠긴 뒤, 무언가가 번뜩였는지 오른손을 딱 울렸다.

"그래! 좋은 생각이 났는데…… 카미야마…… 협력해줄래……?"

뭘까? 별로 좋은 예감이 들지 않는다. 오히려 불길한 예감까지 든다.

하지만 여기서는 참아야 한다. 그녀들은 그녀들 나름대로 필사적이다. 아마도. 여차하면 내가 도우러 가면 되니 일단은 마음대로 하게 둬보자.

내가 지켜보는 가운데, 카미야마는 종이봉투 끝에서 삐져나온 머리카락에서 땀을 뚝뚝 흘리며 양손을 몸 앞에서 꽉 쥐고 힘차게 말했다.

"네! 제가 할 수 있는 일이라면…… 노력해볼게요!"
"고마워, 카미야마! 모두 함께 힘내자!"
"네네네네에! ……힘내요!"
기껏 두 사람이 의욕을 가졌다. 만약 무슨 일이 생기면 아라이도 있으니 한동안은 지켜보자. 그런데 쇼핑이 이렇게 벼르고 하는 일이었던가?
내가 그런 생각을 하는데 인파로 북적이는 번화가에 갑자기 세 여자의 커다란 목소리가 울려 퍼졌다.
"대화부! 파이팅!"
세 사람은 가게 앞에서 원형진을 짜고 있었다. 지나가는 사람이 이쪽을 힐끗 보더니 봐서는 안 될 것을 본 양 시선을 돌렸다.
원형진에서 나온 하루사메가 내 쪽을 보고 말했다.
"……있잖아…… 너와 아라이가 먼저 들어가 줄래? 나와 카미야마는 뒤따라갈게……. 좀 시험해보고 싶은 게 있어……."
아까 카미야마에게 협력을 부탁한 일인가?
나는 알았다고만 말하고 아라이와 함께 가게 안으로 들어갔다. 이 녀석이 무슨 생각을 하는지는 모르겠지만, 이게 다 연습이다. 아마도.

■ 하루사메는 티셔츠를 고른다

“어서 오세요.”

나와 아라이가 가게 안으로 들어가자 점원의 명랑한 인사가 들렸다. 우리는 근처에 있던 진열장을 적당히 물색하며 두 사람이 들어오기를 기다렸다. 그러자 근처에서 상품을 정리하던 젊은 남성 점원이 말을 걸었다.

“뭐 찾는 게 있으세요? 원하신다면 입어보실 수도 있어요.”

내가 특별히 없다고 말하려는데 옆에서 치마를 보던 아라이가 입을 열었다.

“아, 마침 잘됐네요. 죄송하지만, 교복이 있나요?”

“교……복……이요……?”

“네, 휴일용 교복이요.”

점원은 말없이 미소를 지은 채 내 쪽을 보더니 시선만으로, 무슨 소리죠? 하고 호소했다. 나는 모르는 게 당연하다고 생각하며 대답했다.

“그러니까…… 일단 살펴보다가 필요한 게 있으면 말씀드릴게요.”

“아, 알겠습니다. 필요한 게 있으면 말씀해주세요.”

점원은 그렇게 말하고 재빨리 우리에게서 멀어졌다. 아

라이의 사복을 고르는 것도 오늘의 목적 중 하나지만, 그것보다도 지금은 두 사람이 들어오기를 기다려야 한다.

나와 아라이가 진열장으로 시선을 되돌리자 재차 점원이 인사하는 소리가 들렸다.

"어서 오……세……요……."

내가 가게 입구로 시선을 보내자 그곳에는 여자아이의 얼굴이 그려진 종이봉투를 뒤집어쓴 채 키가 크고 흠뻑 젖은 카미야마가 서 있었다.

가게 안이 단숨에 술렁였다. 손님도 점원도, 가게 안에 있던 모두가 갑자기 들어온 이생명체를 주목했다.

카미야마는 기계처럼 목만을 좌우로 흔들며 가게 안을 확인하더니 오른손과 오른발을 동시에 내미는 어색한 발걸음으로 가게 안을 걷기 시작했다. 축축한 무언가를 끌고 간 듯 무수한 물방울이 걸음걸음 남았다. 그리고 한동안 가게 안을 걸은 뒤, 티셔츠 코너 앞에서 걸음을 멈추었다.

그러고 보니 하루사메의 모습이 보이지 않는데, 그 녀석은 어디에 간 걸까? 내가 그런 생각을 하는데 아까 그 남성 점원이 굳은 미소를 지으며 카미야마에게 말을 걸었다.

"아…… 저기…… 뭐 찾으시는 게 있으세——"

점원이 말을 채 맺기도 전에 카미야마의 뒤에서 목소리가 들렸다.

"우와 이것 좀 봐! 이거 엄청 귀엽지 않아? 하지만 나는 조금 더 밝은색이 좋겠는데? 아, 역시 아짱도 그렇게 생각해? 그래, 맞아!"

하루사메의 목소리였다.

아무래도 카미야마의 뒤에 딱 붙어 있던 모양이다. 이것 좀 봐, 라고 말했지만, 아마 카미야마의 등밖에 보이지 않을 것이다. 이게 저 녀석이 떠올린 '좋은 생각'이었을 줄이야. 상대의 얼굴을 보지 않으면 부끄럽지 않다는 건가?

하루사메는 카미야마의 등에 얼굴을 딱 붙인 채 말을 이었다.

"바, 밝은색 티셔츠……가…… 아짱에게는 어울려……. 아니지. 보고 싶은데…… 싶은데…… 어디 없나……?"

점원은 갑자기 엉뚱한 방향에서 들려온 목소리에 깜짝 놀랐지만, 황급히 진열장을 돌아보고 한 장의 티셔츠를 손에 들었다.

"……이 제품은 봄답게 밝은 노란색이에요. 노란색은 올해 유행 컬러라 권해드리고 싶은데……."

하루사메는 더욱 카미야마의 등에 얼굴을 붙인 채 말했다.

"그, 그, 그러게! 그거 정말 괜찮다! 그거 한 장 사야겠네!"

그렇게 말하며 카미야마의 뒤에서 하루사메가 손을 쑥 뻗었다. 카미야마의 몸과 팔 사이에서 갑자기 나타난 세 번째 손에 점원은 깜짝 놀라면서도 그 손에 티셔츠를 건네고, 감사합니다, 라고 말하며 떠나갔다.

하루사메는 건네받은 티셔츠를 얼굴 앞에 가져와 확인하더니 조금 아쉬운 표정을 지었다. 아무래도 마음에 들지 않은 모양이다.

나는 크게 한숨을 쉬며 두 사람에게 다가가 말을 걸었다.

"그거 별로 마음에 안 들지? 어떤 게 좋아?"

나를 알아챈 하루사메는 카미야마의 뒤에서 어깨를 축 늘어뜨리며 말했다.

"아…… 코미나토. ……저, 저기…… 있잖아. 이 티셔츠…… 디자인은 좋은데 노란색보다 핑크색이 좋을 것…… 같아서……."

나는 하루사메가 들고 있던 티셔츠를 진열장에 돌려놓고 대신에 같은 무늬의 핑크색 티셔츠를 꺼내어 건네주었다. 평소에도 핑크색 카디건을 걸치고 다니니 하루사메는 핑크색을 좋아할 것이다.

"이거면 돼?"

"응……. 저기, 코미나토. 나…… 카미야마의 등에 얼굴을 붙이고 있으면 괜찮을까…… 생각했어……. 하지만 별로였던 것 같아……. 연습은 실패일까……?"

하루사메는 그렇게 말하며 아쉬운 듯 어깨를 축 늘어뜨렸다. 나는 그런 하루사메에게 다정하게 말했다.

"그렇지 않아. 아짱 씨가 없이도 원하는 물건을 정확히 골랐잖아?"

"아…… 응……. 코미나토가 이 티셔츠를 집어줬어……. 아짱이 없어도 코미나토가 있으면 쇼핑할 수 있는 걸까……? 이, 일단 감사 인사를 해둘게……. 저기…… 그…… 정말 고마워……. 소중히 입을게."

하루사메는 그렇게 말하고 핑크색 티셔츠를 가슴에 꼭 안았다.

옆에서 우리의 모습을 보던 아라이가 하루사메에게 말을 걸었다.

"하루사메, 고생했어! 마음에 드는 걸 골랐으니 선봉전은 우리 대화부의 승리야!"

카미야마도 그 말에 덧붙였다.

"하루사메…… 열심히 했어요……! 쇼핑을 해내다니 대단해요……."

하루사메는 부끄러워졌는지 얼굴을 새빨갛게 물들이며 말했다.

"다, 다, 당연하지! 다음은 카미야마 차례야! 응원할 테니 열심히 해!"

애들아, 이건 클럽활동부 시합이 아니라 쇼핑이야. 그냥 쇼핑이라고. 선봉전도 아니거니와 대장전도 아니야.

나는 그렇게 말하고 싶은 마음을 꾹 참고 첫 전쟁의 승리에 기뻐하는 세 여자를 바라보았다.

■ 카미야마는 파카를 고른다

"다…… 다음은 제가 다녀올게요……!"

그렇게 말하고 걸어가기 시작한 카미야마를 불러세웠다.

"아, 카미야마, 잠깐 기다려. 이걸 가져와 봤는데 괜찮다면 써볼래?"

나는 주머니에서 파란 비닐 고무장갑을 꺼내어 카미야마에게 건넸다. 내가 건넨 것은 욕실 청소를 할 때 사용할 법한 팔꿈치 언저리까지 가릴 수 있는 두툼하고 긴 고무장갑이었다.

"이거라면 상품을 적시지 않고 볼 수 있잖아?"

"코미나토……! 가가가감사해요……. 열심히 해볼게요!"

카미야마는 기쁜 듯 고무장갑을 받아들고 양손에 장착했다. 그리고 그대로 가게 안을 둘러보기 위해 천천히 걸어갔다.

고무장갑을 끼고 있으면 상품이 땀에 젖는 일을 막을 수 있을 터였다. 나는 그렇게 생각하며 카미야마의 뒷모습을 배웅했다. 옆에서는 하루사메와 아라이가 작은 목소리로, 힘내, 라고 응원을 보냈다.

입장을 거부당하지도 않고 무사히(?) 들어가는 데는 성공했다. 이제 상품을 적시지 않고 볼 수만 있다면 카미야마의 문제는 해결된다. 그러기 위해 두툼한 고무장갑을 준비했다. 고무장갑을 끼고 있으면 상품은 젖지 않는다. 젖지 않으면 카미야마가 자유롭게 상품을 손에 들고 좋아하는 것을 고를 수 있다. 나는 그렇게 생각했다.

하지만 이내 나의 판단이 잘못되었음을 깨달았다.

확실히 고무장갑을 끼고 있으면 상품은 젖지 않는다. 젖지는 않지만, 온몸이 흠뻑 젖고 머리에는 순정만화에서나 볼 법한 소녀의 얼굴이 그려진 종이봉투를 뒤집어쓴 카미야마에게 긴 고무장갑이라는 옵션을 추가함으로써 한층 더 이상해져서 더욱 다가가기 힘든 분위기가 형성되었다. 마치 추리 공포 액션 게임에 나오는 중간 보스 같은 모습이 되고 말았다.

밝은 옷가게 안에는 세련된 복장의 점원, 손님인 몇 팀의 여성 그룹, 그리고 큰 키에 흠뻑 젖은 채 머리에는 순정만화에 나올 법한 소녀의 얼굴이 그려진 종이봉투를 뒤집어쓰고 양손에는 팔꿈치까지 오는 파란 고무장갑을 낀 여고생 카미야마가 있었다.

점원과 손님인 여성들은 카미야마의 이동에 맞추어 그것을 피하듯 이동했다.

이건 악수였나…….

내가 그렇게 생각하는데 가게 안을 걷던 카미야마는 파

카가 진열된 진열장 앞에서 발을 멈추었다. 그리고 고무장갑을 장착한 손으로 한 벌의 파카를 집더니 몸 앞에서 펼쳤다.

우리가 지켜보는데 카미야마는 문득 이쪽을 향하더니 몇 번인가 고개를 끄덕였다.

상품을 적시지 않고 손에 드는 데 성공했다! 하고 말하는 것 같았다.

나는 마음을 다잡고 잘됐다는 의사를 담아 고개를 끄덕였다.

카미야마는 이어서 몇 벌의 파카를 펼치더니 이래저래 고민하는 모습이었다. 아무래도 파카를 살 모양이었다.

이윽고 펼쳤던 파카 중에서 마음에 드는 몇 벌을 들고 가게 안쪽에 있는 거울 앞으로 가 몸 앞에서 대보며 어울리는지를 확인했다.

나와 아라이와 하루사메는 마른침을 삼키며 카미야마의 뒷모습을 지켜보았다. 점원과 여성 손님들도 우리와는 다른 의미로 카미야마의 동향을 지켜보았다.

손에서 떨어지는 땀은 고무장갑으로 막았지만, 종이봉투에서 삐져나온 머리카락과 긴 치맛자락에서는 지금도 땀이 뚝뚝 떨어져서 커다란 거울 앞의 바닥에 작은 물방울을 수없이 흩뿌렸다.

카미야마는 파카 몇 벌을 몸 앞에 대고 거울로 확인하며 서서히 후보를 추렸고, 결국 얇은 하얀색 파카로 결정한 모양이었다.

이것으로 마침내 쇼핑을 할 수 있을 것 같다.

우리가 안심하자 카미야마는 무언가를 알아챈 듯 하얀 파카의 태그를 확인하고 점원을 불렀다.

"저…… 저저저저기요……!"

머뭇머뭇 카미야마의 뒤로 다가간 점원이 말을 걸었다.

"네…… 목숨만은――무슨 일이시죠……?"

카미야마는 점원 쪽을 빙글 돌아보며 말했다.

"저저저저저기……! 이거 LL 사이즈 있나요?"

"아아, 네……. 창고에 있으니 가져올…… 히익!"

점원은 돌아본 카미야마를 보고 비명을 지르며 그 자리에서 털썩 엉덩방아를 찧었다. 카미야마는 파카를 손에 든 채 무슨 일이 일어났는지 알 수 없는 모습으로 종이봉투를 갸웃거리고 있었다.

나는 보았다. 카미야마의 종이봉투를. 종이봉투에 그려진 소녀의 얼굴을

그 눈과 입을 칠한 색색의 염료가 땀으로 흐물흐물 녹고 있었다. 눈가와 입가에서 마치 피눈물과 피토처럼 새빨간 염료가 주르륵 흘렀다. 순정만화 속 공주님 같던 얼굴이 지금은 완전히 저주받은 마스크처럼 변했다. 게다가 염료만 녹아내리는 게 아니었다. 종이봉투 전체도 땀으로 녹아

서 얼굴 전체가 지옥에서 녹고 있는 소녀의 악령처럼 변해 버렸다.

이대로라면 공포 영화의 주인공을 따낼 수 있지 않을까? 게다가 제법 인기 있는 배역을…….

내가 그런 생각을 하는데 카미야마의 앞에서 엉덩방아를 찧으며 떨던 점원이 뒤집힌 목소리로 외쳤다.

"……지…… 지금 당장 가져올게요!"

점원은 덜덜 떨며 네 발로 백야드를 향해 뛰어갔다. 가게 안의 모든 사람이 카미야마에게 주목하는 가운데, 나는 카미야마에게 다가가 물었다.

"카미야마…… 그 그림 뭐로 그린 거야……?"

"저…… 저기…… 물감……이요……."

"얼굴이 난리 났어……."

"네……? 꺄아아아! 저기, 저기, 고르는 데 빠져서…… 몸만 봤어요……."

"……그래……?"

"……네……."

나는 옆에서 풀 죽은 카미야마의 등을 톡 두드리며 벌벌 떠는 점원이 가져온 하얀 파카를 받아들고 함께 계산대로 향했다.

카미야마가 지갑에서 흠뻑 젖은 천 엔권 지폐를 몇 장 꺼내어 계산대의 점원에게 건넨 뒤 파카를 받았을 무렵에는 나는 완전히 녹초가 되어 있었다.

■ 아라이는 사복을 고른다

카미야마와 하루사메. 많은 일이 있었지만, 일단 목표한 물건을 사는 데는 성공했다. 나는 카미야마에게 화장실에서 종이봉투를 다시 쓰고 오라고 말한 뒤 아라이 쪽을 향했다.

"그럼…… 아라이만 남았네……."

내가 썩은 동태눈으로 아라이를 보자 그녀는 평소처럼 방긋거리는 미소로 말했다.

"음…… 나는 솔직히 패션에 대해 잘 몰라. 하루사메는 세련되게 잘 입는데."

"나, 나, 나 말이야? 그…… 그래! 일단 잘 알아……. 패션잡지도 매달 보거든……. 언제 옷을 좋아하는 친구가 생긴대도 어울릴 수 있도록 정보만은 늘 최신으로 유지해두니까……."

하루사메가 얼굴을 새빨갛게 물들이며 대답했다. 그 말을 들은 아라이는 하루사메의 손을 잡고 말했다.

"와, 잘됐다! 그럼 내 옷은 하루사메에게 골라달라고 해야겠네."

"미안, 잠깐 주목할래?"

나는 두 사람에게 가게 안을 보라고 재촉했다.

가게 안에서는 완전히 겁먹은 모습의 점원과 여성 손님들이 가게 구석에서 굳은 채 이쪽의 동향을 살피고 있었다.

나는 그렇게 겁먹은 사람들에게서 아라이에게로 시선을 되돌린 뒤 진지한 표정으로 고했다.

"아라이는 다른 사람과 이야기하는 데 지장이 없으니 차라리 점원에게 다 맡기는 게 어떨까?"

하루사메에게 맡기면 어떻게 될지 모른다. 이 가게에 더 이상 민폐를 끼칠 수도 없기에 그렇다면 차라리 점원에게 모두 맡기는 게 낫겠다고 판단했다.

"잠깐. 무슨 소리야, 코미나토! 내 센스를 못 믿겠다는 거야?"

나는 따지고 드는 하루사메에게 설명했다.

"네 센스를 못 믿는 게 아니야. 다만 오늘은 좀 피곤하잖아? 게다가 오늘은 각자 부족한 점을 극복하는 연습을 하고 있어. 네가 도와주면 아라이에게 연습이 되지 않잖아?"

또 입에서 멋대로 말이 나왔다. 하지만 하루사메는 그것을 납득하더니 근처에 있는 의자에 앉으며 말했다.

"……그러네……. 확실히 좀 피곤한지도 모르겠어……. 네가 그렇게 말한다면 좀 쉴……까……? 뭐야……? 코미나토도 의외로 장점이 있네……."

"그래, 나머지는 아라이에게 맡기자."

하루사메를 제지하는 데 성공한 나는 구석에서 굳은 점원에게 다가가 아라이를 떠밀었다.

"죄송합니다. 저, 저기, 이제 괜찮아요……. 아, 아니…… 그렇게 겁먹지 마세요. 죄송해요. 정말 죄송해요. 저기 말이죠…… 얘에게 어울릴 법한 옷을 골라 주시겠어요?"

나는 그렇게 말하고 아라이를 점원에게 맡긴 뒤 화장실에서 돌아온 카미야마와 하루사메를 데리고 가게 밖으로 나갔다.

30분쯤 지났을까? 가게 안에서, 감사합니다, 하고 말하는 점원의 목소리가 들리는가 싶더니 그곳에는 요즘 유행하는 차림으로 변신한 아라이가 쑥스러운 듯 서 있었다.

우리 쪽을 보고 부끄러워하며 아라이가 말했다.

"에헤헤…… 어, 어때……?"

나는 솔직한 감상을 말했다.

"잘 어울려. 다음부터 휴일에는 교복이 아니라 그런 옷을 입는 게 좋겠어."

카미야마와 하루사메도 저마다 예쁘다고 연호했다.

"그래……? 모두 고마워."

아라이는 기쁜 듯 웃었다. 나도 덩달아 웃었다.

"이것으로……."

쑥스러워하던 아라이는 갑자기 진지한 표정을 짓더니 꽉 쥔 주먹을 하늘 높이 쳐들고 드높이 선언했다.

"이것으로…… 대화부의 완벽한 승리야!"

지나가던 사람이 갑자기 소리친 아라이를 보았다. 카미야마와 하루사메도 주먹을 쳐들고 클럽활동의 성공을 기뻐했다.

쇼핑에 대체 무슨 승패가 있냐?

내가 세 사람을 어이없이 바라보자 아라이가 내게 말을 걸었다.

"코미나토는 같이 안 해?"

"그래! 너도 부원이잖아? 이겼으니 같이 기뻐해."

그렇게 하루사메도 덧붙였다.

"아니, 나는 사양할게……. 아니, 사양하게 해주세요. 부탁드립니다."

"무슨 소리야? 기쁘지 않아? 기껏 제대로 쇼핑했잖아?"

나와 하루사메가 말다툼을 하는데 카미야마가 맞은편에 있던 문방구를 가리키며 말했다.

"저기…… 저기 있는 옷가게…… 아니, 문방구에도 가고 싶은데…… 괜찮을까요……?"

나는 혹시나 해서 물어봤다.

"카미야마…… 지금 문방구와 옷가게를 혼동했는데…… 종이봉투를 사고 싶은 거야?"

"……네……. 이참에 세련된 봉투도 사고 싶어서요……."

그렇구나. 카미야마에게 종이봉투는 옷이구나. 그래, 그랬구나. 그랬어…….

이리하여 우리는 문방구에도 들러 종이봉투를 산 뒤 역으로 향했다.

문방구에서도 다양한 일이 있었지만, 다 이야기하면 내 머리가 어떻게 될 것 같으니 생략하기로 한다. 아니, 생략하게 해주세요. 부탁드립니다.

■ 카미야마는 스티커를 붙인다

어쨌든 세 사람 모두 옷을 사는 데 성공하여 목적을 달성한 우리는 역으로 향했다. 정신을 차리고 보니 날은 저물어 저녁이 되었다.

인파로 붐비는 역 앞 광장에서 요즘 여자애답게 귀여운 사복으로 변신한 아라이가 손을 흔들며 말했다.

"그럼 나는 저쪽 노선 전철을 타야 하니 여기서 헤어지자. 학교에서 또 봐."

그 말을 들은 하루사메가 황급히 입을 열었다.

"아라이도 저쪽 노선이야? 나도 그런데……. 그…… 같이 가지 않을래?"

"하루사메도 같은 방향이구나. 같이 갈까? 그럼 학교에서 또 봐, 코미나토, 카미야마."

아라이가 평소처럼 방긋거리는 미소를 지으며 말했고, 하루사메와 하루사메에게 끌려다니는 등신대 패널 마법소녀가 함께 인파 속으로 사라져 갔다. ……그런 줄 알았는데 인파가 마치 모세의 기적처럼 갈라졌기에 두 사람과 한 장은 걷기 편해 보였다.

남겨진 나는 카미야마에게 어느 방향으로 가냐고 물어

보았다.

"카미야마는 어느 방향 전철을 타? 혹시 같은 방향이면 같이 갈까?"

"저저저저저는…… 그게…… 버스를 타고 왔어요……."

카미야마는 그렇게 말하더니 버스 정류장 쪽으로 얼굴을, 아니, 종이봉투를 향했다. 아까 문방구에서 산 새 종이봉투였다.

"그래? 그럼 여기서 헤어질까? 학교에서 또 보자."

"네, 네……. 학교에서 또 봐요……. 저, 저기…… 코미나토……."

카미야마는 그렇게 말하더니 머리를 꾸벅 숙였다. 그리고 종이봉투 속에서 기쁜 듯한 목소리를 냈다.

"오늘은…… 함께 쇼핑 연습을 해줘서 고마워요……."

고맙다?

이것은 클럽활동의 일환이다. 감사 인사를 들을 만한 일은 아무것도 하지 않았다. 게다가 무엇보다 이렇게 새삼 감사 인사를 듣자 멋쩍었다.

카미야마는 기쁜 듯 말을 이었다.

"코미나토가 없었다면 저는…… 오늘도 제대로 쇼핑하지 못했을 거예요……. 게다가 이렇게 휴일에 친구와 쇼핑을 하는 것도 처음이에요. 그래서 오늘은 정말로 기뻤어요……. 고마워요."

카미야마는 그렇게 말하며 방긋 웃었다. 아니, 종이봉투 때문에 표정을 알 수 없었지만, 아마 그럴 것 같았다.

"그, 그럼 저는 버스를 타고 갈게요……. 학교에서 또 봐요……."

나는 그렇게 말하며 등을 돌린 카미야마를 불러세웠다.

"아, 잠깐 기다려."

카미야마는 빙 돌아보며 나를 향해 종이봉투를 갸웃거렸다.

나는 아까 문방구에서 산 꾸러미 속에서 작은 스티커를 꺼내어 카미야마에게 건넸다.

"이거, 혹시 필요해?"

카미야마는 머리 위에 물음표를 띄우며 그것을 받아들었다. 그리고 건네받은 그것을 보며 종이봉투 안쪽에서 기쁜 듯한 목소리가 들렸다.

"이거……! 바바바바, 받아도 돼요? 정말로?"

나는 된다며 고개를 끄덕였다.

카미야마는 내가 건넨 것을 기쁜 듯 바라보았다.

내가 카미야마에게 건넨 건 곰돌이 캐릭터 스티커 세트였다.

지난번에 카미야마가 멋을 부렸을 때 썼던 종이봉투. 그 종이봉투에 프린트되어 있던 것과 같은 곰돌이 캐릭터 스티커가 작은 종이 위에 즐비했다.

카미야마가 문방구에서 종이봉투를 보고 있을 때, 별생각 없이 보던 문방구에서 이 스티커 세트를 발견하여 무심결에 집어 들었고, 정신을 차리고 보니 계산대에 줄 서 있었다.

이 스티커를 봤을 때, 아직 한 번도 본 적이 없는 카미야마의 미소가 뇌리에 떠올랐는지도 모르겠다.

카미야마는 기쁜 듯 스티커를 받았다. 종이봉투에 뚫린 구멍에서 엿보이는 눈동자가 마치 어린아이처럼 반짝반짝 빛났다.

이렇게 기뻐해 주니 괜히 나까지 기뻐졌다. 하지만 대체 어떤 표정으로 기뻐하고 있을까? 나는 카미야마의 미소를 보고 싶다고 잠시 생각했다.

"코미나토, 고마워요……! 저저…… 저는 이 캐릭터를 정말 좋아해요! 소중히 여길게요……!"

"아니야. 마침 그게 보이더라고. 그렇게 고마워하지 않아도 돼."

나는 오른손을 얼굴 앞에서 휙휙 휘둘렀다. 그것을 본 카미야마도 황급히 종이봉투를 옆으로 저었다.

"아니에요! 저도…… 저기…… 언젠가 보답할게요……!"

"아~ 그럼 언젠가 그렇게 해줘. 하지만 주스 때 같은 일은 사양할게."

"그그그그그그그때는 미안했어요! 아…… 참. 지금 한

장을 붙여도 될……까요……?”

“괜찮지만…… 이런 곳에서 어디에 붙이게?”

내가 질문하자 카미야마는 스티커를 한 장 떼어 머리 위쪽으로 가져갔다. 그리고 뒤집어쓴 종이봉투에 붙이더니 내 쪽을 보았다.

“어…… 어울리나……요?”

어울리고 말고의 문제일까?

나는 인파가 넘치는 역 앞에서 패션이란 무엇인지에 대해 생각했지만, 답을 도출하지 못했다. 하지만 카미야마가 매우 기뻐 보여서 긍정하기로 했다.

“응. 아주 잘 어울려.”

“에헤헤…… 고마워요……. 그럼 학교에서 또 봐요……. 오늘은 정말 고마웠어요.”

카미야마는 그렇게 말하며 머리를 꾸벅 숙이고 버스 정류장으로 총총 뛰어갔다.

스티커를 그곳에 붙인 것이 최선인지는 심히 의문이지만, 본인이 좋아하는 모양이니 됐다. 입고 싶은 옷을 입고, 붙이고 싶은 스티커를 붙이는 것이 진정한 멋이리라. 아마도.

이리하여 우리 대화부의 골든위크 클럽활동은 막을 내렸다.

카미야마와 장마

■ 카미야마는 장마 때문에 난감하다

월요일 아침은 우울하다. 비가 오면 더더욱 그렇다.

6월도 중반에 접어든 월요일 아침. 나는 우리 학교 학생으로 꽉 찬 전철에서 내려 비닐우산을 쓰고 학교로 걸어갔다.

머리 위에는 잿빛 하늘. 보랏빛 꽃을 피운 길 위의 수국이 추적추적 내리는 장맛비를 맞고 있었다.

최소한 화창하게 맑은 날씨라면 월요일도 조금은 덜 괴로울 텐데…….

그런 생각을 하며 학교까지 이어진 길을 터벅터벅 걸어갔다. 그리고 교문을 지나 승강구에서 우산을 접고 내 신발장에서 실내화를 꺼냈을 때, 뒤에서 목소리가 들렸다.

"코코코코코코미나토……! 안녕…… 안녕……! 안녕하세요……."

이 목소리는 카미야마인가?

나는 실내화를 신으며 돌아보았다. 그곳에는 키 180cm가 훌쩍 넘는 여고생, 카미야마가 서 있었다. 오늘도 온몸이 흠뻑 젖은 것은 비가 내리기 때문이리라. ……그런 것으로 해두자.

"아아, 카미야마, 좋은…… 아……침……."

카미야마에게 인사를 하고자 얼굴을 본 나는 평소와 다르다는 것을 알아챘다.

"카미야마…… 그…… 얼굴에 쓴 봉지……."

카미야마는 쑥스러운 듯 머리에 쓴 봉지를 누르며 말했다.

"저기, 저기…… 저기, 아니에요! 이렇게 얇은 옷은 부끄럽지만……! 젖지 않게 하고 싶어서…… 그것뿐이에요에요입니다……!"

확실히 평소의 종이봉투에 비하면 얇았다. 평소에는 정사각형 종이봉투에 감싸여 알 수 없던 얼굴의 윤곽이 비닐봉지 너머로 어렴풋이 떠올랐다.

얇은 옷이라고 말했는데, 노출이 많은 옷을 입은 듯한 감각인 걸까?

쑥스러워하는 카미야마의 교복 자락에서는 굵은 물방울이 뚝뚝 떨어지기 시작했다. 마치 스콜이라도 맞은 듯 흠뻑 젖은 상태였다.

나는 카미야마를 더 이상 적실 수는 없다는 생각에 무난한 말을 고른 뒤 입을 열었다.

"아니……. 응……. 6월은 비가 많이 내리니까."

"네네……. 맞아요아요입니다……. 비가 많이 내리면 종이봉투가 금방 망가져요……. 하지만…… 부끄러워서……."

카미야마는 얇은 하얀색 비닐봉지를 한 손으로 누르며 부끄러운 듯 그렇게 말했다. 등교 중인 학생들이 옷에 묻은 비를 털며 내 옆을 지나갔다.

내가 이런 카미야마에게 뭐라고 말하면 좋을지 망설이는데 갑자기 옆에서 목소리가 들렸다.

"안녕? 코미나토, 카미야마."

옆을 보자 아라이가 방긋방긋 웃으며 이쪽으로 오고 있었다.

"어라, 카미야마? 얼굴에 그건 뭐야?"

아라이는 카미야마의 머리에 쓴 비닐봉지를 보며 말했다.

"저저저저기저기…… 비가 와서…… 망가지지 않는…… 종이봉투가……! 얇은 옷이라!"

아니, 그렇게 설명하면 못 알아듣지…….

카미야마는 횡설수설하며 대답했다. 조금 전에 저기서 물귀신과 씨름을 한판하고 왔다고 해도 납득이 갈 정도로 이미 온몸에서 땀방울을 뚝뚝 떨어뜨리고 있었다.

아라이는 필사적으로 설명하는 카미야마에게 맞장구와 함께 고개를 끄덕이며 말했다.

"그렇구나. 비가 와서 종이봉투가 망가지지 않도록 비닐봉지를 쓰고 왔지만, 얇은 옷이라 부끄러운 거구나."

카미야마는 비닐봉지를 붕붕 위아래로 끄덕였다.

방금 그 설명을 듣고 어떻게 아는 거지?

내가 아라이의 높은 혜안에 감탄하고 있는데 아라이는 방긋방긋 미소를 지은 채 잠시 생각하는 모습을 보이더니 손뼉을 짝 쳤다.

"그래! 그럼 내일부터 양동이를 쓰고 오면 좋지 않을까? 양동이는 제법 두툼해."

"그…… 그그그그그그게 좋을지도 모르겠네요!"

요즘 이 학교의 학생들은 카미야마에게 다소 익숙해졌다. 처음에는 카미야마가 근처를 지나가기만 해도 술렁이던 학생들도 매일 같은 학교에 다니며 이 사람은 이런 사람이라고 어느 정도 이해했다. 적어도 평소의 갈색 종이봉투를 쓴 카미야마를 보기만 해도 술렁이는 학생은 적어졌다.

하지만 아라이가 제안한 대로 양동이를 쓰고 왔다가는 기껏 적응한 학생들에게 또 새로운 공포를 줄지도 모른다.

그런 나의 걱정을 개의치 않고 아라이의 제안에 카미야마는 납득하고 아라이는 미소 지었다.

나는 양동이를 뒤집어쓴 카미야마의 모습을 상상했다.

눈 부분에 구멍을 뚫은 양동이를 뒤집어쓰고 장신에 늘 흠뻑 젖은 여자가 장마철에만 나타나는 모습을.

학교의 7대 불가사의에 이름을 올려도 이상하지 않겠다…….

나는 몸서리치며 두 사람을 향해 말했다.

"양동이는 그만두자……. 무서우니까……. 너무 무서우니까."

아라이가 입을 열었다.

"그런가……? 아, 그래! 그럼 차라리 쓰레기장에 있을 법한 큰 플라스틱 통을 온몸에 폭 뒤집어쓰는 건 어때?"

아라이, 그건 신종 요괴거든요.

"……그것도 그만두자……."

"으~음…… 그럼 어떤 통으로 하지?"

"일단 통에서 벗어나자."

통에 너무 집착하잖아.

실망하는 아라이를 옆눈으로 보며 제안했다.

"그럼…… 내일부터는 종이봉투 위에 비닐봉지를 뒤집어쓰면 되지 않을까? 젖지 않을 테고 얇은 옷도 아니고."

둘 다 깜짝 놀란 표정을 짓는가 싶더니 크게 고개를 끄덕였다.

"아아아아…… 네! 내일부터는 그렇게 하, 하! 할게요!"

"그거 좋다! 잘됐다, 카미야마."

"……네!"

갑자기 아침 종이 울려 퍼졌다. 정신을 차리고 보니 주위에는 아무도 없었다. 미소를 짓는 두 사람에게 말했다.

"서둘러 가지 않으면 지각하겠어."

장마철에는 모두 저마다 고민이 있구나…….

그런 생각을 하며 교실로 걸어가다가 잠시 뒤 깨달았다.

봉투 자체를 쓰지 않으면 되는 거 아닌가?

이 발상이 늦게 떠오르다니 나도 이상해진 것일지도 모

양동이!!

르겠다. 그렇게 한숨 섞어 웃으며 교실 문을 열었다.

■ 하루사메는 장마 때문에 난감하다

그날 방과 후. 나는 여느 때처럼 대화부 부실의 교탁 앞에 서서 모두를 둘러보았다.

"그럼 슬슬 클럽활동을 시작하려 하는데……."

그곳에는 웃으며 앉은 아라이와 종이봉투 위에 비닐봉지를 뒤집어쓰고 흠뻑 젖은 교복을 입은 카미야마가 있었다. 하지만 또 한 명의 부원인 하루사메의 모습이 보이지 않았다.

"하루사메는 아직 안 왔나?"

내 질문에 아라이가 반응했다.

"그러고 보니 하루사메는 늘 가장 먼저 부실에 오는데 오늘은 없는 모양이네. 점심시간에도 도시락을 먹으러 안 왔고……. 학교에 안 왔나?"

카미야마도 입을 열었다.

"그러고 보니 그러네요……. 점심시간에도 학교에서 못 봤고요……."

"음~ 그 녀석 오늘은 학교에 안 왔나? 뭐, 그럼 오늘은 셋이 시작———"

셋이 시작할까, 하고 말하려던 그때. 복도 쪽에서 이야기하는 여자 목소리가 들렸다.

"아하하, 아짱도 참, 그럴 리가 없잖…… 아야! 하지만 그러고 보니 나도…… 아야!"

하루사메의 목소리였다.

여느 때처럼 아짱 씨와 이야기를 하며 이 부실로 오는 모양이었다. 그런데 평소에는 경쾌하던 대화가 오늘은 웬일로 끊어지더니 짧은 비명이 섞였다. 하루사메의 목소리와는 별개로 등신대 패널에 달린 바퀴가 달그락달그락 도는 소리와 이따금 쿵 하는 둔탁한 소리도 울려 퍼졌다.

"……그 녀석 뭐 하는 거야?"

내가 두 사람에게 묻자 아라이가 입을 열었다.

"뭘까……? 살짝 보고 올까?"

"아~ 아니, 내가 갈게."

나는 그렇게 말하며 교실 문을 열고 복도를 엿보았다.

그곳에는 마법 소녀 등신대 패널과 대화를 나누며 복도를 지그재그로 걷는, 종이봉투를 쓴 하루사메로 보이는 아담한 여학생이 있었다.

앞이 보이지 않는지 이따금 벽에 부딪혀 종이봉투를 쓴 머리를 누르며 휘청휘청 이쪽으로 다가왔다.

왜 종이봉투가 둘로 늘었지……?

나는 휘청휘청 걷는 하루사메에게 다가가 말을 걸었다.

"이~봐, 하루사메…… 뭐 하는 거야?"

갑자기 말을 걸자 하루사메는 짧은 비명을 지르며 그 자리에서 펄쩍 뛰어올랐다.

"꺅! 그 목소리는 코미나토……? 갑자기 말 걸지 마. 깜짝 놀랐잖아! 너야말로 이런 곳에서 뭐 하고 있어?"

"그건 내가 할 소리야……. 너야말로 부실 옆에서 뭐 하는 거야?"

"부실…… 옆……?"

하루사메는 그렇게 말하더니 종이봉투의 방향을 고치고 눈과 구멍의 위치를 맞춘 뒤 주위를 확인했다. 그리고 이 곳이 부실 옆인 걸 알고 안도의 한숨을 쉬었다.

"다행이다……. 드디어 도착했어……."

"드디어 도착했다니, 너……. 그런데 왜 그런 종이봉투를."

내가 말을 채 끝내기도 전에 하루사메는 내 옆을 지나 재빨리 부실로 들어갔다. 하지만 또 종이봉투에 난 구멍의 위치가 비뚤어졌는지 휘청거리며 자신의 자리로 가 더듬더듬 의자를 찾은 뒤 아무 일도 없었던 듯 살포시 앉았다.

나도 뒤이어 교실에 들어가 교탁 앞에 선 뒤 다시 한번 부원을 살펴보았다.

내 앞에는 미소 짓는 아라이.

종이봉투 위에 비닐봉지를 뒤집어쓴 카미야마.

그리고 종이봉투를 뒤집어쓴 하루사메.

창밖에는 아침부터 줄기차게 내리는 장맛비.

신이시여, 저는 이제 한계일지도 모르겠습니다.

나는 신께 기도하며 입을 열었다.

"아…… 모두 모였으니 클럽활동을 시작할 텐데…… 그 전에 한 가지."

나는 하루사메 쪽을 보고 말했다.

"야, 하루사메, 그건 뭐야?"

하루사메는 엉뚱한 곳을 보며 뻔뻔하게 대답했다.

"그, 그, 그거? 그게 뭔데? 아, 혹시 내가 오늘 가져온 과자를 말하는 건가? 그렇게 안달 내지 않아도 나중에 너도 줄게."

"종이봉투 말인데."

"조, 조, 종이봉투? 그게 뭐야? 무슨 소리야? 무슨 소린지 전혀 모르겠는데."

하루사메는 시치미를 딱 잡아뗐다. 이 녀석이 그럴 작정이라면 내게도 생각이 있다.

나는 조용히 하루사메에게 다가가 하루사메의 머리를 덮은 종이봉투에 손을 뻗어 반 바퀴 돌렸다. 눈구멍이 하루사메의 뒤통수로 돌아가 그녀의 시야가 완전히 차단되었다.

"앗, 엥, 잠깐, 그만…… 아니…… 꺄아아!"

하루사메는 나를 잡으려고 마구 손을 휘젓다가 균형이 무너져 의자에서 떨어졌다.

그때 종이봉투가 스륵 벗겨져 하루사메의 얼굴이 드러났다. 늘 양옆에 동그랗게 묶는 하루사메의 머리카락은 사방팔방으로 마구 휘어졌고, 머리 위에 작은 허리케인이 지나간 듯한 참상이 펼쳐져 있었다.

하루사메는 바닥에 엉덩방아를 찧은 채 말려 올라간 치맛자락을 내리는 것도 잊고 내게 욕설을 퍼부었다.

"아야야……. 뭐 하는 거야, 쓰레기나토! 다치면 어떻게 하……."

하루사메는 그렇게 말하며 자신의 머리를 만졌고, 종이봉투가 벗겨진 것을 깨달아 비명을 질렀다.

"으아아……. 보지 마! 부, 부, 부끄럽잖아……."

"하루사메 너…… 그 머리는 어떻게 된 거야?"

하루사메는 양손으로 머리를 누르더니 부끄러운 듯 말했다.

"쓰레기나토! 죽어, 변태! 변태 쓰레기! 장마철에는 습기 때문에 머리 모양이 이렇게 된단 말이야……. 그래서 감추려고 종이봉투를 썼는데……."

"아니…… 그렇다고 너……."

"이이이이이이해해요…… 하루사메……! 종이봉투를 쓰면 안심이 되는걸요!"

아무리 장마철 한정이라고 해도 하루사메까지 종이봉투를 쓰면 종이봉투가 둘이 된다.

성가셔진 나는 하루사메에게 말했다.

"아…… 넘어지게 해서 미안해. 하지만 그 머리 모양도 귀여우니 종이봉투는 쓰지 않는 게 좋겠어."

마지막 부분은 말투가 어색했을지도 모르겠지만, 신경 쓰면 나의 패배다.

하루사메는 얼굴을 새빨갛게 물들이고 말했다.

"바, 바보 아니야? 귀엽다니, 그야 당연하지. 하지만…… 네가 그렇게 말한다면…… 종이봉투…… 벗을까……?"

장마철에는 모두 저마다 고민이 있구나…….

나는 오늘의 두 번째 감상을 품으며 조용히 교탁 앞으로 돌아갔다.

■ 코미나토 나미토는 제안한다

종이봉투를 벗은 하루사메도 자리에 앉아 마침내 모든 부원이 모였다. 나는 교탁 앞에 서서 모두를 향해 말했다.

"그럼 이번에야말로 클럽활동을 시작할까? 오늘은 내가 제안할 의제가 있는데 괜찮을까?"

하루사메가 사방팔방으로 뻗친 곱슬머리를 들썩이며 무뚝뚝하게 입을 열었다.

"네가 제안하다니 별일이네."

"그러게. 오늘의 의제는 '장마'로 하고 싶어."

오늘 아침에는 카미야마가 비닐봉지를 쓰고 등교했고, 하루사메는 곱슬머리를 감추기 위해 종이봉투를 쓰는 폭거에 나섰다. 이대로 내버려 두면 앞으로 어떤 일이 일어날지 모른다.

나는 조용히 듣고 있는 세 사람에게 말을 이었다.

"아까 하루사메를 봐서 알다시피 장마철에는 난감한 일이 많은 것 같아. 나도 비 오는 날에는 기분이 울적한 경우가 많아. 그러니 오늘은 장마에 관해 이야기해보는 게 어떨까?"

나의 제안을 받은 아라이가 입을 열었다.

"그래. 확실히 이렇게 매일 비가 많이 내리면 기분이 울적하지. 나도 비 오는 날에는 까칠해져."

아라이가 화내는 모습은 상상이 되지 않아 끼어들었다.

"아라이도 화내는 일이 있구나?"

"어머, 코미나토. 나도 인간이야. 화날 때도 있지. 그러니 장마라는 의제는 딱 좋은 거 같아. 비가 와도 즐길 수 있는 놀이나 장마를 재미있게 보내는 방법을 찾아낸다면 장마를 좋아할 수 있지 않을까?"

아라이는 그렇게 말하며 여느 때처럼 방긋방긋 웃었다.

종이봉투에서 물 한 방울을 뚝 떨어뜨리며 카미야마도 말했다.

"그그그래요……. 저도 비가 내리면 기분이 가라앉는…… 것 같아요……. 종이봉투도 금세 젖어서 망가지고……. 얇은 옷은…… 부…… 부…… 부끄럽……고요……!"

그 말에 하루사메가 동의했다.

"나도 비는 싫어……. 전혀 흥이 안 나고 아짱도 젖어서 흐물흐물해져. 게다가 머리카락도 이렇게……."

하루사메는 그렇게 말하며 머리를 눌렀다. 역시 장마철에는 모두 똑같이 기분이 울적하구나.

나는 모두를 보며 말했다.

"그럼 오늘은 장마를 즐기는 방법이라도 이야기해볼까?"

그 말을 들은 아라이가 거듭 제안했다.

"이야기해보는 것도 좋지만, 이왕이면 밖에 나가보지 않을래? 빗속에서도 재미있게 대화하는 연습을 해보는 건 어떨까?"

아라이는 그렇게 말하고 창밖을 보았다. 나도 아라이를 따라 창밖을 보았다. 잔뜩 흐린 잿빛 비구름이 끊임없이 추적추적 비를 뿌리고 있었다.

불을 켰는데도 어두컴컴한 부실에 있어봤자 기분이 가라앉을 뿐일지도 모르겠다. 그렇다면 차라리 밖에 나가보는 것도 나쁘지 않다. 나는 아라이의 제안에 응하기로 했다.

"그래. 기분 전환도 할 겸 오늘은 산책이라도 하며 대화해볼까? 장마가 좋아지면 앞으로는 비가 내려도 다른 기분이 들겠지."

카미야마와 하루사메도 고개를 끄덕였다.

"그럼 모두 밖으로 나갈까? 가방도 들고 가서 끝나면 그길로 집에 가자."

카미야마가 머뭇머뭇 입을 열었다.

"그그그그그…… 그게…… 오늘은 하굣길에 어디에 들르나요……? 크레이프 가게……라거나……."

하루사메도 허둥대며 말했다.

"그거 좋다! 비가 와도 모두와…… 치, 치, 친구와 보낸다면 즐거울지도 몰라……."

"그래, 알았어. 한동안 걸으며 대화 연습을 하고 뭔가 먹은 뒤에 집에 가자. 그럼 됐지?"

내가 그렇게 말하자 세 사람은 장마가 끝난 듯 밝은 미소를 지었다. 카미야마가 종이봉투 안쪽에서 기쁜 듯한 목소리를 냈다.

"아아아아아알겠어요! 그럼 준비할게요……!"

그렇게 말하며 종이봉투 위에 쓰고 있던 비닐봉지만을 벗더니 주머니에서 곱게 접은 새 비닐봉지를 꺼내어 뒤집어썼다. 그리고 손거울을 꺼내 마치 머리카락을 정리하는 듯한 손놀림으로 비닐봉지의 주름을 폈고, 마지막으로 내가 준 곰돌이 스티커를 봉지의 오른쪽 끝에 붙였다.

"……준비 다 됐어요!"

하루사메와 아라이는 카미야마의 비닐봉지에 붙은 스티커를 보고 저마다 귀엽다고 말했다.

카미야마는 쑥스러워서 한층 더 땀을 흘리며 이쪽을 힐긋 보았다. 종이봉투에 뚫린 구멍에서 엿보인 동그란 눈동자와 시선이 마주쳤다. 나는 쑥스러워서 눈을 피하며 모두를 밖으로 재촉했다.

■ 아라이는 우산을…… 쓴다……?

오늘 대화부가 할 활동은 '빗속에서도 즐겁게 대화하기'로 결정되었다.

나는 신발장 구석에 놓인 우산꽂이에서 내 비닐우산을 찾아 뽑은 뒤 밖으로 나가 돌아보았다.

"얘들아, 아직이야?"

"아…… 네네네네네네에, 지금 가요……."

때마침 빨간 우산을 펼치던 카미야마가 황급히 대답했다. 하루사메도 핑크 우산을 펼치고 재빨리 밖으로 나왔다.

하루사메의 우산을 본 아라이가 말했다.

"와~ 하루사메, 핑크 우산 귀엽다. 좋았어. 그럼 갈까?"

아라이는 그렇게 말하며 우산을 펴지 않고 밖으로 나와 교문을 향해 걸어갔다. 가방에서 3단 우산이라도 꺼내나 싶어 쳐다봤지만 빗속에서 이쪽을 향한 채 우리를 기다릴 뿐 우산을 펼 기색은 전혀 없었다.

왜 우산을 펴지 않지? 혹시 우산을 깜빡했나?

나는 걸어가려는 아라이를 불러 세웠다.

"잠깐 기다려. 아라이, 우산이 없어? 혹시 우산을 깜빡했어?"

아라이는 비를 맞으며 돌아보더니 평소의 방긋거리는 미소를 지으며 대답했다.

"비 오는 날에는 늘 우비를 입어서 우산을 쓰지 않아도 괜찮아."

나는 아라이의 모습을 머리끝부터 발끝까지 훑어보았다. 하지만 늘 입는 학교 지정 교복으로밖에 보이지 않았다. 아라이는 왜 그러냐고 묻고 싶은 듯 어리둥절한 표정으로 나를 보고 있었다.

"아니…… 우비라니…… 지금부터 입으려고?"

"응? 아아, 아니. 이게 우천용 교복이야."

"우천용…… 교복……?"

또 새로운 단어가 들린 것 같은데 내 기분 탓인가? 아라이는 자신의 교복 옷감을 만지며 말을 이었다.

"잘 봐. 물을 튕겨내지?"

나는 아라이에게 다가가 교복에 얼굴을 들이댔다. 끊임없이 내리는 비가 아라이의 교복에 닿았고, 옷에는 배어들지 않은 채 그대로 물방울이 떨어졌다. ……그리고 어쩐지 옷감이 번들번들했다.

시험 삼아 손가락으로 집어보자 천이 아니라 매끈한 비닐 소재였다.

이게…… 뭐지……?

"아…… 아라이…… 이거…… 혹시……."

"응. 교복과 완전히 똑같은 디자인의 우비를 만들었어."
이 사람은 왜 교복과 똑같은 걸 만드는 발상을 하는 걸까?
나는 어리둥절하여 물었다.
"왜 또 그런 짓을……."
"에헤헤…… 실은 나…… 우산 쓰는 걸 싫어해. 우산을 쓰면 금방 흠뻑 젖어서 비 오는 날에는 우비를 입어."
아라이는 겸연쩍게 웃으며 부끄러운 듯 말했다.
"아, 응……. 그렇구나……. 그랬어……. 근데 그거…… 평범한 교복 위에 시판 우비를 입으면 안 되는 거……야……?"
내가 지극히 당연한 의문을 던지자 정면에 있던 아라이는 갑자기 진지한 표정을 지으며 내 눈을 빤히 보았다.
……아니, 내 눈을 보는 듯하지만, 자세히 보니 눈을 마주치지 않았다. 확실히 내 쪽을 보고는 있지만, 시선은 나를 지나 머리 뒤의 훨씬 더 후방에 있는 무언가를 보는 듯 깊은 눈으로 이쪽을 보고 있었다. 어쩌지? 엄청 무서운데.
한동안 나는 고양이 앞의 쥐처럼 있었고, 아라이는 갑자기 놀란 듯한 표정을 지었다.
"헉……! 미안해, 코미나토. 방금 살짝 의식을 놓았어. 그런데 무슨 이야기를 했더라?"
"아아…… 아니야……. 대충 괜찮은 것 같아……. 아무 일도 아닌 것 같아."
아라이는 평소의 방긋거리는 표정을 되찾고 이야기를

되돌리려 했다.

"그래? 그럼 됐고. 그런데 이 우비 말인데———"

나는 황급히 아라이의 이야기를 가로막았다.

"아니, 괜찮아! 우비, 괜찮아! 우비는 편리하지. 응!"

내 말을 들은 아라이는 평소의 미소를 지으며 우리를 향해 밝은 목소리를 냈다.

"응, 엄청 편리해. 그럼 갈까? 비 오는 날의 대화부 활동도 기대된다."

나는 옆에서 나와 마찬가지로 어안이 벙벙한 하루사메에게 작은 목소리로 물었다.

"하루사메…… 방금 그거…… 뭐였을까……?"

"몰라……. 그런 아라이는 처음 봤어……."

옆에 있던 카미야마가 툭 내뱉었다.

"그러고 보니 아까…… 비 오는 날에는 까칠해진다고…… 했죠……?"

아까 그건 화가 난 건가?

우리는 저마다 아라이만은 화나게 해서는 안 되겠다고 말했다.

"왜 그래? 안 가?"

이미 10m쯤 앞에서 걷던 아라이가 우리에게 손을 흔들었다.

"네! 지금 갑니다!"

나는 씩씩하게 대답했다. 비 오는 날에 많은 일이 있는 것은 카미야마나 하루사메뿐만이 아니었다.

나는 장마야, 얼른 끝나라! 하고 생각하며 카미야마와 하루사메와 함께 아라이의 뒤를 따라갔다.

■ 카미야마는 하늘을 올려다본다

비닐우산에 닿는 빗소리가 내 귀에 다다랐다.

우리 대화부 부원 네 사람은 비 오는 날의 대화를 연습하기 위해 딱히 목적지도 정하지 않고 걸었다. 비를 좋아하게 되자는 목적은 있지만, 막상 이렇게 밖에 나와보니 적당한 화제를 찾을 수 없었다.

다른 세 사람도 그것은 마찬가지인 모양인지, 아라이는 방긋방긋 웃으면서도 조용히 걸었고, 하루사메는 비에 젖어 흐물흐물해진 마법 소녀 패널을 향해 말을 걸었다. 카미야마는 우산을 쓰고도 흠뻑 젖은 모습이었다.

여기서는 일단 장마라는 의제를 제안한 내가 화제를 제공해야 한다.

그렇게 생각한 나는 대화의 물꼬를 트기 위한 화제를 내놓기로 했다.

"아…… 아침부터 계속 비가 내리네……. 비의 장점은 뭐가 있을까?"

내 제안에 아라이가 반응했다.

"비의 장점이라. 딱 떠오르는 건, 비가 내리지 않으면 지구에 사는 모든 생물이 물을 마실 수 없다는 점이야."

아라이답게 우등생 같은 대답이었다. 나는 그 의견에 고개를 끄덕이고 이야기를 확장했다.

"아주 엄청난 장점부터 나왔네. 하지만 확실히 그래. 그럼 우리에게 더 친숙한 점은 뭐가 있을까?"

내 대답을 들은 아라이는 평소의 방긋거리는 미소를 싹 거두고 아까 보여주었던 먼 산을 응시하듯 끝을 알 수 없는 표정으로 말했다.

"무슨 소리야? 코미나토. 물은 우리 생활에 밀접하게 관계——"

나는 황급히 대답했다.

"그, 그래! 물은 중요하지! 암, 물은 중요해. 그건 틀림없어! 아…… 물 말고 뭔가 떠오르는 건 있어?"

힐긋 옆을 보자 아라이는 평소의 방긋거리는 미소로 되돌아와 있었다. 비 오는 날의 아라이는 너무 무섭다.

내가 묻자 하루사메가 대답했다.

"글쎄……. 비 오는 날에는 길가의 풀과 꽃이 기뻐하는 것 같다……고나 할까? 그런 모습을 보면 나도 조금 기뻐져……."

하루사메는 그렇게 말하고 미소 지으며 길가에 핀 수국을 보았다. 너무나도 귀여운 대답이라 나는 무심결에 웃고 말았다.

"무척 소녀다운 대답이네."

내가 웃으며 그렇게 말하자 하루사메는 아뿔싸! 하는 표정을 지으며 황급히 정정했다.

"바, 바, 바보야! 그렇게 소녀 감성으로 말할 리가 없잖아! 아니야! 여…… 여…… 염소가……! 그래, 염소, 염소가 먹는 풀이 기뻐해! 그 염소는…… 제물이 될 가여운 염소고…… 그게, 그러니까…… 염소의 마지막 만찬인 풀이 기뻐서…… 기뻐서……."

"발상이 또 비정상이네."

"염소를 제물로 바치는 거야!"

"누구에게?"

"……아…… 아짱에게……?"

"아짱 씨는 악마냐……? 좀 진정해."

하루사메는 당황하여 얼굴을 새빨갛게 물들였다.

여전히 추적추적 비가 내리는 가운데, 나는 하루사메의 의견을 더욱 확장했다.

"어쨌든 풀과 꽃이 기뻐한다는 것도 일리 있을지 몰라. 자연을 보면 힐링되는 느낌은 공감해."

"정말……?"

하루사메는 눈을 치뜨고 이쪽을 봤다. 내가 고개를 끄덕이자 하루사메는 싱긋 미소 지었다.

우리의 대화를 듣고 있던 카미야마가 조용히 입을 열었다.

"비 오는 날에는……."

"오, 카미야마도 뭔가 떠올랐어?"

"네……. 저저저저기…… 비 오는 날에는…… 어쩐지 노력하지 않아도 될 것 같지 않나……요……?"

"노력하지 않아도 된다? 그게 무슨 뜻이야?"

내 말에 아라이가 반응했다.

"그건 나도 조금 알 것 같아. 맑은 날에는 어쩐지 노력하자! 하는 마음이 들지만, 비 오는 날에는 천천히 해도 될 것 같다고 할까? 쉬어도 용서될 것 같다고 할까? 그런 뜻이 맞을까?"

카미야마는 비닐봉지로 보호한 종이봉투에서 땀을 뚝 떨어뜨리더니 고개를 끄덕였다.

"네……. 저는 늘 노력해야 한다고 생각하고…… 노력해도 항상 실패만 하지만요……. 그렇지만 비 오는 날에는 그렇게 노력하지 않아도 된다고 하늘이 말해주는 것 같은…… 기분이 들어요."

카미야마는 그렇게 말하더니 머리에 쓴 하얀 비닐봉지를 위로 향하고 하늘을 올려다보았다.

비 오는 날에는 노력하지 않아도 된다? 필사적으로 노력하는 카미야마다운 대답이라고 생각했다.

"코미나토는 그렇게 생각한 적…… 없나요……?"

카미야마는 비닐봉지를 갸웃거리며 물었다. 봉지에 뚫린 구멍에서는 동그랗고 검고 큰 눈동자가 나를 보고 있었다.

나는 카미야마의 눈동자에서 잿빛 하늘로 시선을 옮기며 대답했다.

"지금까지 그렇게 생각한 적은 없었어. 하지만 듣고 보니 확실히 그럴지도 모르겠네. 노력만 해대면 지치니 비 오는 날 정도는 쉬어도 된다고 생각하면 비가 조금 좋아질지도 몰라."

아침부터 줄기차게 내리던 비는 어느새 잦아들었고, 동쪽 하늘에는 맑은 모습이 엿보였다.

하루사메가 갑자기 큰 소리를 냈다.

"아, 저기 봐!"

"왜 그래? 악마라도 있어?"

"그게 아니야, 바보미나토! 보라니까!"

하루사메가 하늘을 가리켰고 우리는 동시에 하루사메의 손끝으로 시선을 보냈다. 그곳에는.

———그곳에는 아름다운 무지개가 떠 있었다.

우리는 동시에 말을 잃고 한동안 그 자세 그대로 하늘을 올려다보았다. 하늘을 올려다보며 카미야마가 말했다.

"비 오는 날도…… 이렇게 모두와 보내면…… 좋은지도 모르겠네……요……."

나는 눈부신 듯 하늘을 올려다보는 카미야마 쪽을 보았다. 오늘의 카미야마는 기분 탓인지 평소보다 많은 이야기를 하는 것 같다. 조금은 대화에 익숙해졌는지도 모르겠다.

대화부 활동이 도움이 되었다는 뜻일까?

하늘에 뜬 무지개를 바라보던 카미야마는 내 시선을 알아챘고 갑자기 눈이 마주쳤다.

카미야마는 부끄러운지 황급히 시선을 피하더니 치맛자락에서 땀이 뚝 떨어졌고 발밑에 있던 물웅덩이가 첨벙 소리를 냈다.

이렇게 부끄럼이 많은 면은 한동안 낫지 않을 테지만.

월요일은 우울하다. 비가 내리면 더더욱……. 단, 모두와 올려다본 무지개는 각별하다.

나는 카미야마 덕분에 비와 월요일이 아주 조금 좋아졌다.

카미야마와 합숙

■ 카미야마는 수영복을 입는다

푸른 바다. 하얀 모래사장. 내리쬐는 태양!

계절은 그야말로 여름이다. 나의 눈앞에는 푸른 바다가 끝없이 펼쳐져 있었다. 나는 무릎까지 오는 파란 수영복을 입고 여름의 태양이 내리쬐는 모래사장에 서 있었다.

8월 중순이 지난 바다는 인기척이 드물어 멀리 보이는 몇몇 무리 외에 모래사장은 텅 비어 있었다.

바다에는 초등학생 때 이후로 처음 온다. 그때는 바다가 정말로 짠맛이라는 데 놀랐었지.

내가 과거를 회상하는데 뒤에서 카미야마의 목소리가 들렸다.

"오오오오오래 기기기기기기! ……기다렸……죠……?"

내가 돌아보자 수영복 차림의 카미야마가 이쪽으로 총총 다가오는 모습이 눈에 들어왔다.

하얀 비키니 차림의 카미야마. 본래는 가슴을 폭 덮을 하얀 상의는 카미야마의 커다란 가슴을 다 감싸지 못하여 약간 마이크로 비키니 같았다.

머리에는 수영복 색에 맞추었는지 평소의 갈색 종이봉투가 아니라 하얀 종이봉투를 쓰고 있었다. 눈 부분에는 찢어낸 듯한 구멍이 뚫려 있었고, 그곳에서 엿보인 동그란 눈동자가 이쪽을 포착했다.

한 발 뛸 때마다 커다란 가슴이 출렁 튀었고, 한 발 뛸 때마다 커다란 엉덩이가 출렁 흔들렸다. 머리가 흔들릴 때마다 종이봉투가 부스럭부스럭 소리를 내어 여름의 카미야마는 다양한 의미로 범죄적이었다.

카미야마는 이쪽으로 총총 달려와 내 앞에 멈추더니 터질 듯한 하얀 수영복과 종이봉투를 손가락으로 잡고 살짝 고쳤다.

나는 카미야마의, 주로 가슴 언저리에 시선을 고정했다.

나의 시선을 알아챘는지 카미야마는 왼팔을 배에 감고 주뼛주뼛 입을 열었다.

"……저기…… 그렇게 보보보보지 마세요……! 요즘 살이 쪄서 배가……."

미안해, 카미야마. 배에는 눈길도 주지 않았어.

카미야마는 내 앞에서 부끄러운 듯 배를 문질렀다. 배를 문지르는 팔에는 커다란 가슴이 얹혀 흡사 그라비아 아이돌의 포즈 같았지만, 본인은 알아채지 못했다. 배야, 고맙다!

———카미야마의 배에 인사할 때가 아니다. 내가 왜 그런 곳에 있느냐? 지금부터 그것을 설명하려 한다.

사건의 발단은 아라이의 한 마디였다.

"이제 곧 여름방학이니 합숙을 하고 싶어."

7월도 막바지에 다다라 여름방학을 앞둔 어느 날 방과 후. 우리가 여느 때처럼 클럽활동을 마치고 집에 갈 준비를 하는데 갑자기 아라이가 그런 말을 했다. 나는 아라이에게 되물었다.

"합숙?"

"응, 다른 클럽활동부도 여름방학만 되면 합숙하잖아? 그러니까 우리 대화부도 합숙을 하는 게 어떨까?"

대화부의 활동은 대화를 연습하는 것이다. 합숙을 가지 않아도 얼마든지 대화할 수 있다. 게다가 합숙까지 가서 묵으며 클럽활동을 하다니, 솔직히 귀찮다.

"여름방학에 며칠 동안 이곳에 모여서 평소처럼 활동하면 안 돼?"

아라이는 양손을 허리에 얹고 뺨을 부풀리는 고전적인 분노의 포즈를 취하며 말했다.

"무슨 소리야? 코미나토. 합숙에서만 할 수 있는 대화 연습도 분명 있을 거야."

"그런가……? 평소처럼 여기서 연습하면 될 것 같은데."

내가 떨떠름하게 반응하자 옆에 있던 하루사메가 입을 열었다.

"합숙…… 합숙이라……. 나, 나, 나도 찬성이야. 멀리서만 할 수 있는 연습도 있어."

나는 하루사메에게 물었다.

"예를 들자면?"

하루사메는 보란 듯이 크게 한숨을 쉬더니 내게 따졌다.

"바보구나, 쓰레기나토, 쓰레기미나토. 잘 들어. 여름 합숙하면 바다나 산이잖아? 바다나 산에 아짱을 데려가면 아짱과 추억을 쌓을 수 있어! 그러면 대화의 폭도 넓어져서 내가 평소에 생활하기 편해질 거야!"

하루사메는 그렇게 말하더니 옆에 놓여 있던 마법 소녀 등신대 패널을 자신만만하게 탁 쳤다.

나는 의기양양한 하루사메에게 최대한의 한숨을 쉬었다.

"너는 일단 아짱 씨 이외의 사람과 대화할 수 있어야 해."

하루사메는 얼굴을 새빨갛게 물들이고 코와 코가 맞닿을 정도로 내게 다가왔다. 하루사메의 얇은 앞머리가 흔들리며 내 코끝을 간질였다. 희미한 샴푸 냄새에 가슴이 살짝 설레었다.

하루사메는 그런 나의 두근대는 마음도 모르고 얼굴을 새빨갛게 물들이며 말했다.

"최, 최, 최종적으로는 그렇게 할 거야! 하지만 갑자기 타인과 대화하는 건 문턱이 너무 높다고나 할까……! 아짱과는 이미 대화할 수 있고 너희와도 조금은 대화할 수 있게 되었어! 그러니까…… 모두와 밖으로 나가서 다양한 이야기를 하면…… 그러면 분명 조만간!"

"알았어, 알았다고. 진정해."

흥분한 하루사메를 진정시키려는 나를 무시하고 하루사메는 더욱 떠들어댔다.

"조, 조, 조만간 분명…… 분명 바다나 산과도 대화할 수 있게 될 거야!"

이 환자는 무슨 말을 하는 걸까? 무슨 말을 하는지 자기도 모르는 것 같네.

하루사메는 좌우로 시선을 헤매며 말을 이었다.

"우선은 바다…… 그래 바다야! 나는 바다와 대화할 수 있게 될 거야! 다음은 산이지! 그리고 하늘! 나는 육해공을 지배할 거야! 마지막은 우주야! 우주와 일체화된 나는…… 나는!"

알았다. 하루사메는 글렀다. 설렌 내 마음을 돌려줘.

나는 잠꼬대처럼 우주를 연발하는 하루사메에게서 멀어져 카미야마에게 물어보았다.

"카미야마는 합숙하고 싶어?"

그렇게 말을 걸자 움찔 굳더니 종이봉투 안쪽에서 작은 목소리가 나왔다.

"……저저저도…… 합숙하고 싶다고…… 할까요? 모두와 함께 묵으며 놀러 가는 건…… 그…… 해본 적이 없는…… 일이고요. 아, 물론 합숙은 놀이가 아니지만……."

카미야마가 그렇게 말했다. 종이봉투에서 삐져나온 까만

머리카락 끝에서 땀이 뚝 떨어졌다.

모두와 놀러 간다……?

합숙이 아니라 놀러 간다고 생각하면 그렇게 귀찮지 않을지도 모르겠다.

여름방학은 길다. 매일 집에 있어 봤자 시간만 남아돌지도 모른다. 그렇다면 가도 좋겠다 싶었지만, 한가지 문제가 있다는 것을 깨달았다.

"세 명 모두 찬성이야? 그럼 나도 가겠지만, 단, 이 시기에는 이미 숙소를 잡기 힘들지 않을까? 게다가 고등학생끼리 재워줄 곳은 한정되어 있을 테고."

내가 묻자 카미야마가 손을 슥 들었다.

"저기…… 저희 숙부님이 바다 근처에서 민박집을 운영하세요……. 8월 중순에 명절이 지나면 한가하니 놀러 오라고 매년 말씀하시는데…… 거기는 안 될……까요?"

숙소 확보도 깔끔하게 해결되었다.

"으~음…… 그럼 뭐…… 합숙, 할까?"

"응, 가자!"

그렇게 말하며 아라이가 웃었다.

"네네네네네에……. 저도 합숙…… 하고 싶어요!"

그렇게 말하며 카미야마가 기뻐했다.

"전 우주의 신이여! 나는 여기 있도다! 자, 지금이야말로 나와 하나가 되자!"

하루사메가 그렇게 말했다.

알고 있었다. 하루사메는 글렀다. 설렌 내 마음에 이자를 붙여서 돌려줘.

나는 카미야마에게 예비 종이봉투를 하나 받은 뒤 창문에서 몸을 내민 채 하늘에 양팔을 펼치고 무언가를 외치는 하루사메에게 다가갔다. 그리고 종이봉투를 벌려 하루사메의 머리에 폭 뒤집어씌웠다.

갑자기 시야가 캄캄해져서 놀란 하루사메가 말했다.

"여, 여, 여긴……! 우주……?"

"어서 와, 하루사메. 여긴 지구야."

이리하여 우리는 여름 합숙을 하기로 했다.

■ 하루사메는 수영복을 벗으려 한다

"잠깐, 쓰레기나토! 언제까지 카미야마를 보고 있을 거야!"

카미야마의 폭력적인 가슴에 고정되어 있던 내 뒤에서 갑자기 매도가 쏟아졌다. 황급히 뒤돌자 수영복 차림의 하루사메가 눈에 들어왔다.

하얀 피부와 분홍색 비키니의 대비가 눈부셨다. 그을림을 막기 위해서인지 앞 단추를 활짝 연 얇은 핑크색 셔츠를 걸치고 있었다. 다만 카미야마와는 대조적으로 매끄럽고 밋밋한 가슴이 아쉬웠다. 하루사메는 카미야마의 가슴을 가리키며 말했다.

"어차피 너는…… 카미야마의 이 큰 가슴이라도 보고 있었겠지? 이…… 변태에로미나토!"

"아니, 나는 딱히……."

딱히…… 죄송합니다. 봤습니다.

반박하지 못하는 내게 하루사메가 따지고 들었다.

"여자의 가치는 가슴에 있지 않다고!"

하루사메는 그렇게 말하더니 자신의 황량한 불모지를 탁 쳤다. 하지만 이 의견에는 나도 찬성이었다.

"그래. 그건 맞는 말이야."

내 말을 들은 하루사메는 표정을 확 바꾸었다.

“어라…… 네가 웬일로 말귀를 알아듣네.”

나는 감탄하여 이쪽을 보는 하루사메에게 상큼한 미소로 말했다.

“만약 여자의 가치가 가슴에 있다면 너는 가치가 거의 없단 거잖아?”

아주 상냥하게 말했다.

내 말을 들은 하루사메는 순간적으로 얼굴이 새빨개지는가 싶더니 자신의 가슴을 주물주물 만지며 크게 소리쳤다.

“무, 무, 무슨 소리야? 나…… 나…… 나도 가슴 있어! 원한다면 살짝 보———”

그렇게 말하며 수영복의 어깨끈에 손을 댄 하루사메를 황급히 제지했다.

하여간 당황하면 무슨 짓을 저지를지 모르는 녀석이다.

“알았어, 알았다고! 벗지 마!”

“네가 잘못했어! 내, 내, 내 가슴을 봐! 보라고. 그리고 사과해! 제대로 달려 있으니까!”

“됐어. 있다, 있어. 너도 가슴 있어!”

하루사메는 더욱 내게 가까이 다가와 난리를 쳤다.

“카미야마의 저 커다란 가슴만 보잖아! 그렇게 보고 싶으면 봐! 카미야마의 가슴을! 커다란 가슴을!”

“알았대도. 진정해!”

하루사메는 얼굴을 새빨갛게 물들이며 커다란 가슴이라는 말을 연호했다.

나는 날뛰는 하루사메를 말리며 카미야마 쪽을 힐긋 보았다. 커다란 가슴을 연호하자 카미야마는 부끄러운 나머지 전에 없이 대량의 땀을 흘리며 아직 바다에 들어가지도 않았는데 방금 바다에서 나온 것처럼 온몸이 흠뻑 젖었다. 종이봉투에서 나온 목덜미도, 적당히 살이 붙어 건강한 팔뚝도. 본인이 신경 쓰던 배부터 수영복에서 노출된 긴 다리에 이르기까지 온몸이 축축하게 젖었다.

머리에 쓴 하얀 종이봉투도 당연히 흠뻑 젖어서 곳곳이 망가지기 시작했다.

카미야마의 하얀 피부는 하루사메의 얼굴보다도 새빨개진 채 몸을 부들부들 떨고 있었다. 비키니와 같은 색의 하얀 종이봉투 안에서 거친 숨소리가 들렸다. 젖은 종이봉투 너머의 호흡은 더없이 곤란한 듯했다.

이건 어딘가에서 본 광경인데……. 그렇다. 저것은 확실히 입학식 날의…….

큰일이다. 이대로라면 카미야마의 호흡이 멎을 것이다!

카미야마가 위험하다고 생각한 나는 하루사메에게 휴전을 제안했다.

"하루사메, 일시휴전하자! 이대로는 카미야마가 죽어!"

"아, 응……? 맙소사! 아, 알았어……."

하루사메는 내게서 멀어져 카미야마에게 다가간 뒤 사과했다.

"미안해, 카미야마……. 괜찮아?"

"미안해……. 나도 모르게 흥분해서……."

카미야마는 종이봉투 속에서 헉헉 거친 숨결을 내뱉으며 몸 앞에서 양손을 붕붕 저었다.

"괘괘괘괘괜찮……아요……! 저기…… 그보다 제 가슴이…… 그렇게 큰……가요……?"

카미야마는 그렇게 말하며 한 손을 가슴 언저리에 댔다. 카미야마의 하얗고 긴 손가락이 커다란 가슴을 눌렀다. 카미야마의 가슴은 하얀 손가락을 튕겨내며 위아래로 흔들렸다. 보는 내게까지 부드러운 감촉이 전해지는 것 같았다.

응, 그렇게 큽니다요.

하지만 솔직하게 대답하면 이번에야말로 호흡이 멎을지도 모른다.

내가 어떻게 대답할지 생각하는데 멀리서 우리를 향해 목소리가 들렸다.

"오래 기다렸지? 늦어서 미안해."

아라이의 목소리였다. 아라이도 두 사람과 마찬가지로 수영복으로 갈아입고 올 텐데…… 설마 교복을 쏙 빼닮은 수영복을 입은 건 아니겠지……?

내가 걱정하며 돌아보자 모래사장의 저편에서 감색 학

교 수영복 차림의 아라이가 달려왔다. 가슴 언저리에는 '아라이'라고 적힌 하얀 천이 꿰매어져 있었다.

아아…… 그럼 그렇지…….

"느…… 늦었네. 이제 다 모였어."

나는 카미야마의 가슴을 머릿속에서 떨쳐내고 모두에게 등을 진 뒤 바다 쪽을 보았다. 눈앞에는 반짝반짝 빛나는 푸른 바다가 펼쳐져 있었다.

■ 카미야마는 종이봉투를 벗는다

"그럼…… 들어갈까? 바다로!"

나는 모두에게 씩씩하게 말했다. 기껏 바다에 왔으니 들어가지 않으면 아깝다.

수영복 차림의 여자 셋은 응! 하고 씩씩하게 고개를 끄덕였다.

선두에 서서 바다에 뛰어든 사람은 하루사메였다. 그 뒤를 아라이가 뒤쫓았다. 아라이와 하루사메는 첨벙첨벙 물보라를 일으키며 바다에 뛰어들더니 물가에서 바닷물을 뿌리며 놀았다.

나도 두 사람을 따라가려던 때, 뒤에서 멈춰 선 카미야마를 알아챘다. 카미야마는 하얀 종이봉투를 좌우로 흔들며 열심히 주위를 확인했다.

뭘 하는 거지? 나는 카미야마의 곁으로 가 질문했다.

"왜 그래? 바다에 안 들어가?"

"아, 코미나토…… 저기…… 이대로는…… 바다에 들어갈 수 없없없없어서…… 그……."

카미야마는 그렇게 말하더니 머리 위의 망가져 가는 종이봉투를 슬쩍 가리켰다.

아아…… 그러고 보니.
종이봉투를 쓴 채로 들어가면 봉투가 망가지거나, 망가진 종이봉투가 달라붙어서 숨을 쉴 수 없게 되거나, 둘 중 하나다.
"으~음, 그렇군……."
무슨 좋은 수가 없을지 생각하려는데 카미야마는 양손을 몸 앞에 내밀고 손을 옆으로 저으며 황급히 말했다. 젓는 박자에 맞추어 땀방울이 튀어 내 얼굴에 묻었다.
"저저저저기저기저기……! 괜찮아요……. 이 봉투…… 오늘은 벗을 거라서요……. 하지만 주위에 사람이 있으면…… 벗기가 부끄러워서……. 지금이라면 주위에 사람도 없는 것 같으니…… 벗을……까요……?"
카미야마는 그렇게 말하며 멜론처럼 커다란 가슴에 손을 얹고 심호흡을 한 뒤 천천히 종이봉투에 손을 댔다.
카미야마가 종이봉투를 벗는다……?!
나는 얼굴에 묻은 카미야마의 땀을 닦는 것도 잊고 천천히 움직이는 종이봉투를 바라보았다.
지금까지 완고하게 얼굴을 가렸던 카미야마다.
입학 첫날. "부끄러워서 못 벗어요!"라고 말했던 종이봉투.
생각해보면 그날 이후 나는 카미야마와 조금씩 가까워졌고, 어째서인지 대화부를 만들게 되어 지금에 이른다.

이따금 종이봉투에 뚫린 구멍에서 엿보이는 동그란 눈동자를 본 적이 있지만, 얼굴 전체를 본 적은 지금껏 없었다.

카미야마는 대체 어떻게 생겼을까?

멍하니 그런 생각을 하며 카미야마의 종이봉투를 보는데 카미야마는 나의 시선을 알아채고 깜짝 놀랐다. 그리고 벗으려던 종이봉투를 일단 제자리로 돌려놓더니 부끄러운 듯 입을 열었다.

"……저기…… 벗는 모습을 그렇게 보면 부끄러워……요……. 코미나토…… 잠시만…… 뒤로 돌아 있어…… 줄래요……?"

커다란 가슴을 흔들며 카미야마가 말했다.

어쩌지? 대사만 들으면 어쩐지 아주 몹쓸 짓을 하는 기분이 든다.

"아, 알았어!"

나는 망상이 폭발하기 전에 즉각 고개를 끄덕인 뒤 카미야마에게 등을 졌다. 내 등 뒤에서 부스럭부스럭 종이봉투를 비비는 소리가 들렸다.

정신을 차리고 보니 내 입속은 바싹바싹 말라 있었다. 황급히 꿀꺽 침을 삼켰다.

왜 그러냐, 나미토. 뭘 그렇게 긴장해? 카미야마가 종이봉투를 벗을 뿐이잖아……?

벗을 뿐……. 벗을…… 뿐…….

아라이와 하루사메의 얼굴이라면 클럽활동을 할 때마다 본다. 그것과 무엇이 다르단 말인가.

나는 긴장한 나 자신에게 그렇게 되뇌며 카미야마를 기다렸다. 영원 같은 시간이 지나는 듯하던 그때. 내 등 뒤에서 카미야마의 목소리가 들렸다.

"저기…… 이제 이쪽을 봐도…… 돼……요……."

갑자기 들린 카미야마의 목소리에 나는 움찔 튀어 올랐다. 그리고 되도록 평정을 가장한 목소리를 지어냈다.

"아, 응…… 그럼 돌아볼게……."

나는 카미야마의 말대로 천천히 돌아보았다.

내 눈에 일단 날아든 것은 카미야마의 쭉 뻗은 긴 다리였다. 이어서 아까 본인이 신경 쓰던 허리. 다음으로 커다란 가슴. 그리고…… 마침내 얼굴.

나는 재차 침을 삼키고 단숨에 시선을 올려 카미야마의 얼굴을 보았다.

그곳에는 턱 끝에서 정수리까지 하얀 메시 수영모로 얼굴 전체를 마스크처럼 덮은 카미야마가 부끄러운 듯 서 있었다. 고무 부분을 턱에 걸어 복면처럼 쓴 모양이었다. 그런 것 같다…….

자세히 보니 뒤통수에도 똑같이 수영모로 만든 마스크가 씌워져 있었다. 아무래도 두 개의 모자를 꿰매어 마치 머리만을 덮는 전신 타이즈 같은 물건을 만든 모양인데…… 이게 뭐지?

"카미야마…… 그건……."

카미야마는 부끄러운 듯 말했다.

"저기…… 저기요…… 합숙에서 바다에 가기로 결정된 뒤 만들어 봤는데…… 어울리……나요……?"

이미 어울리고 말고의 차원을 한참 넘어섰는데……?

"아…… 응……. 통기성은…… 좋아…… 보이네……."

뭐라고 대답하면 좋을지 몰라서 겨우 기능성을 언급했다. 내 마음을 아는지 모르는지 카미야마는 기쁜 듯 입을 열었다.

"아, 네! 저기…… 이건 메시로 만들어서 숨도 쉴 수 있고…… 젖어도 망가지지 않으니 수영할 때 편리할 것 같았어요……!"

"……그거 오늘을 위해 만든 거야?"

"……네. ……기껏 바다에 가는걸요……. 모두와 함께 바다에 들어가고 싶어서요……!"

갑자기 바다 쪽에서 아라이의 목소리가 들렸다.

"코미나토, 카미야마. 얼른 와!"

카미야마는 하얀 메시 속에서 기쁜 듯한 목소리를 냈다.

"아…… 네! 지금 가갈게게게요……!"

카미야마는 그렇게 말하고 바다를 향해 뛰어갔다. 하얀

비키니에 하얀 마스크를 쓰고 키도 가슴도 큰 카미야마의 뒷모습을 보며 나는 생각했다.

이 바다에 새로운 괴담이 추가되지 않기를…….

카미야마는 바다에 들어가 내 쪽을 돌아보며 크게 손을 흔들었다.

"코미나토도 와요."

그 목소리는 무척 즐거운 듯했다.

사소한 일은 신경 쓰지 말자. 카미야마가 저렇게 즐거워하는데. 나는 지금 간다고 대답하고 모두에게 달려갔다.

■ 코미나토 나미토는 목숨의 위험을 느낀다

그 뒤, 우리는 한바탕 물놀이를 즐겼다.

헤엄은 물론, 비치볼을 가지고 놀거나 다가왔다가 물러가는 파도와 술래잡기도 했다. 모래찜질해보고 싶다는 하루사메를 위해 누운 그녀의 위에 모래를 덮어주기도 했다. 겸사겸사 모래로 잘 빠진 누님의 몸매를 만들어 가슴 언저리에는 대량을 모래를 쌓았다.

나는 오랜만에 푹 빠져서 놀았고, 정신을 차리고 보니 서쪽 하늘에는 태양이 잠기려 하고 있었다.

놀다 지쳤는지 나도 다른 부원들도 모래사장에 앉아 저물어가는 석양을 조용히 바라보았다. 나는 벌떡 일어나 수영복에 묻은 모래를 털며 모두에게 말했다.

"그럼 그만 숙소로 갈까? 너무 늦으면 카미야마네 숙부님께 민폐잖아."

카미야마네 숙부님이 경영한다는 민박집은 모래사장에서 도보로 약 10분 거리에 있다는 모양이다. 우리는 수영복을 갈아입고 바다를 따라 난 길로 민박집을 향해 걸었다.

길을 가던 중. 나는 옆에서 걷는 카미야마에게 물어보았다.

"그러고 보니 숙부님은 어떤 분이셔?"

카미야마는 여느 때처럼 종이봉투 끝에서 땀을 뚝 떨어뜨리며 대답했다.

"저저저저저기저기저기…… 다정한 분……이세요. 예전부터 저를…… 챙겨주시고…… 놀러 데려가 주시고……."

"아~ 그럼 카미야마의 어렸을 때 모습도 잘 아시겠네. 숙소에 도착하면 네 어렸을 적 이야기라도 들어볼까?"

"그, 그럴 수가……! 제 과거 이야기는…… 재미없어……요……!"

카미야마는 그렇게 말하더니 종이봉투를 붕붕 옆으로 저었다.

과거의 카미야마라. 그러고 보니 지금까지 생각해본 적도 없었지만, 카미야마는 언제부터 이 종이봉투를 쓴 걸까? 나는 옆에서 걷는 카미야마를 올려다보았다.

내 과거 이야기는 시시한데, 라고 중얼거리며 앞을 보고 민박집을 향해 걷는 카미야마.

설마 태어났을 때부터 종이봉투를 쓰지는 않았으리라. 종이봉투를 쓰는 것이 숙명인 가문도 아닐 것이다. 그렇다면 왜 카미야마는 언제, 어떤 이유로 종이봉투를 쓰기 시작했을까?

나는 가벼운 마음으로 그 질문을 하려 했지만, 벌린 입을 다물었다.

더 친해지면 언젠가 직접 말해줄 날이 올지도 모른다. 게다가 말해주지 않는대도 부끄럼 많은 성격이 나아서 종이봉투 없이 생활할 수 있게 될지도 모른다. 그건 그것대로 좋다.

나를 안고 교내를 전력질주하거나, 옷가게의 점원에게 트라우마를 심지 않게 된다면 더더욱 좋다…….

내가 마음속으로 그렇게 중얼거리자 옆에 있던 카미야마가 앞을 가리키며 입을 열었다.

"아, 다 왔어요. 여기가 숙부님의 민박집……이에요……."

나는 카미야마가 가리킨 방향을 보았다. 그곳에는 결코 새 건물이라고는 말할 수 없지만, 매우 정취 있는 2층짜리 일본 가옥 형식의 민박집이 있었다. 잘 손질된 산울타리가 주위를 둘러쌌고, 안쪽에는 넓고 훌륭한 정원도 있었다. 정원에는 커다란 소나무 한 그루가 당당히 하늘을 향해 뻗었고, 바위로 둘러싸인 시원한 연못에는 대나무로 만든 시시오도시*까지 있었다. 민박집이라기보다 작은 료칸이라는 편이 알맞을 듯한 분위기였다.

우리는 카미야마의 뒤를 따라 정원을 지나 숙소의 현관 앞에 멈춰 섰다. 카미야마는 낡은 목제 미닫이문을 연 뒤 안에 대고 숙부님을 불렀다.

"저기, 사미다레예요. 숙부님~ 지금 도착했어요~."

---

*일본의 조경용품으로 시소처럼 생긴 대통에 물이 떨어지면 기울어져서 통통 소리가 난다.

우리는 카미야마의 등 너머로 숙소 안을 엿보았다. 하지만 안에서는 아무도 대답하지 않았다.

"숙부님이 왜 대답이 없지……?"

카미야마는 그렇게 말하며 우리 쪽을 돌아보았다. 나는 곤란해하는 카미야마에게 말했다.

"마음대로 들어갈 수도 없으니 한동안 여기서 기다리——"

기다리자. 내가 그렇게 말하려던 때, 뒤에서 남자의 우렁찬 목소리가 들렸다.

"사미다레 아니냐! 오~ 잘 왔구나! 왜 그런 곳에 서 있어!"

카미야마는 우리 쪽을 향하더니 우리 머리 너머에 있는 우렁찬 목소리에 대답했다.

"숙부님! 오랜만이에요. 안에 아무도 없는 것 같아서요……."

"응, 잠깐 뒤뜰에 볼일이 있어서."

나는 돌아보며 황급히 인사했다.

"저, 저기, 카미야마의 친구인 코미나토라고 합니다. 오늘은 대화부 부원들이 신세를 좀 질……게……요……."

나와 아라이와 하루사메는 동시에 뒤로 돌았고 보았다.

돌아본 우리가 본 것. 그것은 머리 위에 종이봉투를 폭 뒤집어쓰고 손에 1m는 될 거대한 가위를 든 덩치 좋은 중년남성의 모습이었다. 키는 2m가 넘고, 근육이 울퉁불퉁한 프로레슬러 체형의 거대한 남성이 종이봉투를 뒤집어쓰고 거대한 가위를 양손으로 서걱서걱 움직이며 지금 우리의 눈앞에 있었다.

내 직감이 고했다. 죽을 거다……. 커다란 가위로 살해당할 것이다.

나와 마찬가지로 인사를 하려던 아라이와 하루사메도 눈앞의 거대한 남자의 모습을 보고 입을 뻐끔거렸다. 우리가 거대한 남자의 머리…… 아니, 종이봉투를 보고 굳어 있자 카미야마가 입을 열었다.

"숙부님도 참! 왜 종이봉투를 쓰고 계세요?"

숙부님은 마치 지금 알아채기라도 한 듯한 모습으로 굵고 탄탄한 팔을 올리더니 종이봉투를 만졌다.

"응? 아아, 이거! 처마 밑에 벌집이 있다는 걸 알았거든. 방충모를 찾다가 못 찾았어. 대신할 뭐가 없을까 했는데 아무것도 없기에 종이봉투를 썼지."

내 눈앞의 종이봉투를 쓴 중년남성은 그렇게 말하더니 껄껄 웃으며 종이봉투를 벗었다. 안에서는 새카맣게 그을린 채 서글서글하게 웃는 얼굴이 나타났다.

아아, 그러고 보니 이 사람은 카미야마의 숙부님이셨지?

내가 안도하는데 서글서글하게 웃던 숙부님은 우리에게 말했다.

"그럼 너희들! 여기서 이러지 말고 안으로 들어가자!"

숙부님은 종이봉투를 동그랗게 뭉쳐 주머니에 집어넣고

현관 옆에 거대한 가위를 던져놓은 뒤 서둘러 안으로 들어갔다.

“우리도 가요…….”

카미야마는 그렇게 말하고 숙부님의 뒤를 따라갔다. 옆에서 아직 얼굴이 새파랗게 질린 하루사메가 중얼거렸다.

“다행이다……. 오늘 여기서 죽는 줄 알았어…….”

“나도…….”

“그리고…… 그런 가문인 줄 알았어…….”

“나도…….”

목숨의 위험을 회피한 우리는 오늘 밤 묵게 될 숙소에 무사히 도착했다.

■ 아라이는 걱정한다

카미야마의 숙부님이 경영하는 민박집에 도착한 우리는 숙부님의 안내를 받아 어느 방으로 들어갔다. 예전에는 객실이었지만, 지금은 창고가 된 공간이었고, 맹장지로 두 방이 이어진 일본식 방이었다.

숙부님은 손님으로 대하지 않는 대신 숙박비는 필요 없으니 방이 낡아도 불평하지 말라고 했지만, 너무 깔끔한데? 나는 마음속으로 숙부님께 감사했다.

그 뒤, 숙부님의 부인과 함께 저녁을 먹고 방으로 돌아왔다.

식사 중. 숙부님이 카미야마의 과거 이야기를 하려던 순간, 카미야마가 땀을 뻘뻘 흘렸고 왼손에 들고 있던 밥그릇을 악력으로 분쇄하는 거짓말 같은 일도 있었지만, 숙모님은 동요하지 않고 마치 흘린 된장국이라도 닦듯 웃으며 대처했다. 과거의 카미야마가 어땠을지 대충 상상이 가서 뿌듯해졌다.

식사를 마치고 방으로 돌아와 내가 방석을 베개 삼아 누우려는데 아라이가 가방에서 무언가를 꺼냈다.

"짜~잔! 불꽃놀이 용품을 가져왔어. 지금 다 같이 하지 않을래?”

불꽃놀이 용품을 본 하루사메는 강아지처럼 눈을 반짝였다.

“하고 싶어, 하고 싶어! 카미야마, 정원을 쓸 수 있을까?”

“저저저저저기…… 아마, 괜찮을 거예……요…….”

“와~아, 그럼 얼른 가자! 참, 아짱도 같이 갈래.”

하루사메는 그렇게 말하더니 마법 소녀 등신대 패널을 잡고 방을 나서려 했다.

불꽃놀이라.

그러고 보니 몇 년 만의 불꽃놀이지? 나는 조금 들뜨면서도 방금 한 대화 속의 무언가가 마음에 걸렸다.

여자 셋은 방을 나서 준비를 시작했다.

나는 아까 느낀 느낌의 정체를 찾았다. 불꽃놀이…… 하루사메…… 카미야마…… 아라이…… 아짱…….

머지않아 그것의 정체를 알아챈 나는 황급히 일어나 지금 방을 나서려는 하루사메의 어깨를 잡아 세웠다.

“잠깐 기다려, 하루사메. 아짱 씨는 여기 두고 가자.”

급히 불러 세우자 하루사메는 언짢아했다.

“뭐야, 쓰레기나토? 아짱만 따돌리겠다고?”

나는 천천히 고개를 가로젓고 하루사메의 눈을 보며 말했다.

“그게 아니야. 뭐라고 말하면 좋을지 모르겠지만…… 아짱 씨는…… 그…… 가연물이니까……. 불꽃놀이에 약하지 않을까……?"

하루사메는 깜짝 놀란 표정으로 나와 아짱 씨를 몇 번인가 교대로 보더니 아쉬운 듯 벽에 세웠다.

바다에서 불어오는 부드러운 바람이 툇마루에 바다 내음을 옮겨왔다.

우리는 숙소의 툇마루를 빌려 불꽃놀이를 하기로 했다. 양동이에 물을 받고, 아라이가 가져온 불꽃놀이 용품을 펼친 뒤 시작하려는데 아라이가 심각한 표정을 짓는 것을 알았다.

나는 심각한 표정의 아라이에게 말을 걸었다.

"왜 그렇게 표정이 심각해?"

아라이는 오른손을 턱에 댄 채 내 쪽을 향해 대답했다.

"코미나토, 양동이…… 하나만 있어도 부족하지 않을까?"

"응? 우리는 네 명밖에 없으니 하나면 충분할 것 같은데."

"아니, 그런 뜻이 아니라……. 지금 폰 갖고 있어?"

불꽃놀이를 하는데 왜 폰이 필요할까? 나는 스마트폰이 들어 있는 주머니를 툭 치며 아라이에게 말했다.

"갖고는 있는데, 뭐에 쓰게?"

내 대답을 들은 아라이는 안심한 듯 숨을 내쉬었다.

"다행이다……. 나는 방에 두고 왔거든……. 이제 혹시

부상자가 생겨도, 화재가 일어나도 금방 소방서에 신고할 수 있겠어."

"잠깐만. 그렇게 큰일은 일어나지 않을 거라고 생각——"

생각해. 내가 그렇게 말을 채 마치기도 전에 아라이가 덤벼들 듯 입을 열었다.

"코미나토, 유비무환이랬어. 이제 피난 경로 확인과 AED도 필요해. 우리의 혈액형을 적은 헬멧도 준비하는 게 좋을까? 아, 그리고 관할 소방서에는 사전에 신고해두는 게 좋을 거야. 이웃분들께 인사하고, 혹시 모르니 유서도 적어두자."

불꽃놀이를 하기 위해 유서를 쓰다니 어느 세상 이야기냐…….

정원에서 하는 불꽃놀이에 어떤 대참사를 예상하는 걸까? 나는 이것저것 나열하는 아라이의 어깨를 잡고 그녀의 눈을 빤히 보며 말했다.

"……괜찮아. 모두 내가 지킬게……. 절대로 아무도 죽게 하지 않아!"

아라이는 나의 진지한 모습에 압도되어 침을 꿀꺽 삼키더니 각오한 듯 입을 열었다.

"……알았어. ……우리 목숨을…… 코미나토에게 맡길게."

어쩌지? 목숨을 떠맡고 말았다.

마왕성에 돌입하기 직전인 듯한 대화를 하는 나와 아라

이에게 하루사메가 참다못해 말을 걸었다.

"잠깐. 쓰레기나토, 뭐해? 얼른 시작하자!"

하루사메는 양손에 불꽃놀이 용품을 들고 붕붕 휘둘렀다.

"미안. 그럼 시작할까?"

나는 숙부님께 빌린 라이터로 양초에 불을 붙이고 정원 바닥에 세웠다. 하루사메는 기세 좋게 이쪽으로 오더니 손에 든 불꽃놀이 용품을 양초에 들이댔다. 하루사메의 손에 들린 불꽃놀이 용품에서 예쁜 불꽃이 튀었다.

나도 아라이도 카미야마도 그런 하루사메의 뒤를 이었다.

색색의 불꽃이 우리의 얼굴을 밝게 비추었다. 화약 냄새가 불꽃놀이의 분위기를 한층 더 북돋웠다. 아라이도, 하루사메도, 그리고 아마 카미야마도. 모두 웃으며 아름다운 불꽃을 바라보았다.

바닷바람 냄새가 나는 여름밤의 툇마루에서 우리는 한동안 불꽃놀이를 즐기며 소리 내어 웃었다.

아라이가 가져온 불꽃놀이 용품도 거의 다 사용하여 마지막에 커다란 발사 불꽃만 남았다.

나는 툇마루에서 조금 떨어져 그 불꽃을 땅바닥에 놓았다. 그리고 주머니에서 라이터를 꺼내어 도화선에 가져갔다.

"조금 떨어져 있어. 그럼…… 간다!"

나는 도화선에 불을 붙이고 모두가 있는 곳으로 총총 돌아가 불꽃을 바라보았다. 도화선의 작은 불이 발사 불꽃에

서서히 다가가 이윽고 안으로 빨려들었다. 잠깐의 정적 뒤, 배에 울리는 듯 커다란 폭발음이 들렸다. 밤하늘에 한 줄기의 빛이 향하는가 싶더니 커다란 불꽃이 펑 하고 터졌다.

내 옆에서 하늘을 올려다보던 카미야마가 중얼거렸다.

“예쁘다…….”

나는 불꽃에서 카미야마에게로 시선을 옮겼다. 카미야마는 지금 어떤 표정으로 불꽃을 보고 있을까?

하늘에서는 불꽃의 여운이 타닥타닥 춤췄고, 이윽고 사라졌다.

“아…… 끝났네……. 엄청 예뻤어요, 코미나토……!”

종이봉투에 뚫린 구멍으로 방긋 웃는 두 개의 눈동자가 나를 보았다. 그래, 하고 나도 웃었다.

기분 좋은 바닷바람이 우리 사이를 빠져나갔다. 하늘에는 별이 가득했다. 나와 카미야마는 누가 먼저랄 것도 없이 밤하늘로 시선을 옮기고 하늘에 펼쳐진 천연 불꽃을 바라보았다.

그렇게 잠시 밤하늘을 바라본 뒤, 나는 모두에게 말했다.

“자, 그럼 정리하고 방으로…… 돌아——”

나는 그렇게 말하며 카미야마 쪽을 보았다. 그러자 카미야마의 뒤통수에 희미하게 무언가가 피어올랐다. 내 시선을 알아챈 카미야마가 입을 열었다.

“왜 그래요……? 제 얼굴에 뭐가 묻었나요……?”

“아니……. 카미야마…… 머리 뒤쪽이…….”

카미야마의 뒤통수에 피어오르는 그것은 점점 짙은 회색의 연기처럼 변했다. 아니, 연기였다.

설마…… 불에 타는 거 아니야……?

“카미야마…… 잠깐 뒤로 돌아볼래……?”

내 말에 카미야마는 뒤로 돌았다.

그리고 나는 보았다.

카미야마가 쓴 종이봉투에서 검은 연기가 뭉게뭉게 피어오르는 것이 아닌가!

아까 쏘아 올린 불꽃의 불똥이 종이봉투에 떨어져 재수없게도 불이 붙은 모양이다.

“카미야마! 불이! 머리에 불이 붙었어!”

“……네? ……앗, 뜨거워!”

카미야마는 뒤통수를 만지고 당황했다. 나는 주위를 둘러보며 아라이에게 외쳤다.

“아라이! 거기 불꽃놀이 할 때 쓴 양동이를 줘!”

“아, 응!”

아라이는 서둘러 발밑에 있던 양동이를 들고 내게 건넸다. 나는 아라이에게 양동이를 받아 카미야마를 향해 휘둘렀다.

“아아~ 불꽃놀이도 별이 빼곡한 하늘도 예뻤어……. 나도 언젠가 우주와 하나가 되어…… 잠깐! 뭐 하는 거야, 쓰

레기나…… 꺄아아!"

카미야마의 이변을 알아채지 못한 하루사메가 갑자기 내 행동에 놀라 넘어질 뻔하여 내 팔을 잡았다.

세차게 휘두른 내 팔에 하루사메가 얽혀 양동이가 엉뚱한 방향으로 날아갔다. 양동이는 여름의 밤하늘에 아름다운 포물선을 그렸고, 안에 든 물과 함께 카미야마의 머리에 폭 씌워졌다.

머리에 양동이를 뒤집어쓴 카미야마는 한동안 그 자리에 멈춰 서 있는가 싶더니 양동이 안에서 연약한 목소리를 냈다.

"고마워요……. 씻고…… 싶으니…… 정리를 부탁해도…… 될까요……?"

"응……. 다녀와……. 어째 미안하네."

양동이를 뒤집어쓴 채 욕실로 향하는 카미야마를 보며 생각했다. 종이봉투를 쓴 채 생활하기는 힘들겠구나…….

■ 코미나토 나미토는 카미야마와 대화를 한다

불을 끈 일본식 방의 이불 속. 나는 홀로 천장을 보고 있었다. 맹장지 너머에서 들리던 걸즈 토크도 지금은 평온한 숨소리로 바뀌었다.

바다에서 놀고 불꽃놀이를 하느라 지쳤으리라. 그러는 나도 몸은 피곤하지만, 잠자리가 바뀌면 좀처럼 잠들지 못하는 습성 때문인지 눈이 말똥말똥했다.

천장을 바라보며 오늘 있었던 일을 되새겼다.

아라이에게 제안을 받았을 때는 솔직히 귀찮았던 합숙이지만, 이렇게 막상 와보니 의외로 즐거웠다. 그러고 보니 연습다운 연습을 하지 않았다는 것을 깨달았지만, 모두가 이렇게 평범하게 노는 것만으로도 대화 연습이 된다고 생각을 고쳤다.

내가 이불 속에서 그런 생각을 하는데 내 방과 여자 방을 가로막은 맹장지가 조용히 열렸다.

맹장지 너머에서 종이봉투가 서서히 나타났다. 카미야마였다.

카미야마는 발소리가 나지 않도록 살며시 다다미를 밟으며 내 발밑을 지나 방의 출구 쪽으로 향했다.

내가 그 모습을 눈으로 좇는데 카미야마가 나의 시선을 알아채고 작은 목소리로 말했다.

"아…… 미미미미안해요……. 깼나……요……?"

"아니……. 어쩐지 잠이 안 와서 계속 깨어 있었어."

"그렇군요……. 실은 저도 잠이 안 와서……. 바깥바람을 쐬러 가려고요……."

카미야마는 그렇게 말하고 쑥스러운 듯 어깨를 움츠렸다. 나는 이불에서 몸을 일으켜 카미야마에게 말했다.

"그럼 밖에서 이야기라도 좀 나눌까?"

달빛이 비치는 숙소 툇마루에 우리는 나란히 앉았다. 불꽃놀이를 하던 때와는 전혀 달리 지금은 고요한 정적에 감싸여 있었다.

나는 현관 앞에 설치된 자동판매기에서 산 오렌지 주스를 카미야마에게 건네고 내 콜라의 뚜껑을 열며 카미야마에게 말을 걸었다.

"그러고 보니 입학식 날에도 이렇게 둘이서 주스를 마셨지?"

"그……그그그…… 그러게요……."

"그때는 갑자기 들쳐 업혀서 어떻게 해야 하나 싶었어."

내가 웃으며 말하자 카미야마는 겸연쩍은 듯 대답했다.

"그그그그때는…… 이성을 잃어서……. 미안해요…….

민폐……였죠……?"

"민폐였어."

"그그그그그그그렇그렇죠……! 미안해……요……!"

카미야마의 종이봉투에서 나온 검은 머리카락이 여름날의 밤바람에 흔들렸다. 나는 커다란 몸을 작게 움츠린 카미야마에게 말했다.

"……민폐였지만, 그 일이 없었다면 대화부도 만들지 않았을 테고 지금 이렇게 합숙도 하지 않았겠지."

카미야마는 천천히 이쪽으로 종이봉투를 향하더니 내 이야기를 조용히 들었다.

"그 일이 없었다면 하루사메와도 만나지 않았을 테고, 아라이와도 평범한 반 친구가 아니었을까? 그리고 너와도. 그러니까…… 뭐, 잘된 일 아니야?"

"코미나토……."

카미야마는 종이봉투 속에서 목소리를 냈다.

"고마워요……. 그렇게 말해줘서 기뻐요……. 저기…… 저는…… 조금이라도 대화가…… 늘었……나요……?"

종이봉투에 뚫린 구멍에서 동그란 눈동자가 나를 보았다. 여름 밤하늘에 흩뿌려진 별이 카미야마의 커다란 눈동자 속에서 빛났다.

나는 생각했다. 대화를 잘하고 못하고의 기준은 무엇일까?

카미야마는 이상한 부끄럼쟁이다. 말을 걸면 땀을 뻘뻘

흘리고, 클럽활동부를 견학하러 가서 부원에게 트라우마를 심어주었다. 종이봉투를 뒤집어쓰고 등교하거나, 수영모를 이어 꿰맨 마스크를 장착하고 신종 괴담 같은 모습으로 바다를 헤엄치기도 한다.

하지만 카미야마는 말주변은 없어도 그녀 나름대로 몸 전체로 감정을 표현한다.

확실히 대화는 아직 능숙하다고 할 수 없지만, 말은 전달 수단의 하나에 지나지 않는다. 설령 말로 잘 전하지 못한대도 이렇게 함께 지내다 보면 카미야마에게서 다양한 감정이 전해진다.

뭐라고 설명하면 좋을지 모르겠지만…… 그거면 되지 않을까?

나는 카미야마의 눈동자 속에 빛나는 별을 보며 어울리지도 않게 그런 생각을 한다는 것을 깨달았다.

나는 그 마음을 전할까 했지만, 입을 열려다 역시 그만두기로 했다. 너무 의식하게 하여 또 어색해지면 본전도 찾지 못하고, 무엇보다 나 자신이 부끄러웠다. 이런 말을 아무렇지 않게 할 자신이 없었다. 그래서 말로 전하는 대신에 나는 카미야마 쪽을 보고 다정하게 미소 지었다.

어떻게 전해졌는지는 모르겠다. 모르겠지만, 알 것 같다.

카미야마는 내 미소를 보고 안심했는지 작게 어깨를 움츠렸다.

그리고 우리는 숙소의 툇마루에 나란히 앉은 채 처음 만났을 때부터 지금까지의 추억에 이야기꽃을 피웠다. 입학식 날의 일이나 클럽활동부를 견학했던 일. 하루사메와 만난 일과 번화가에 쇼핑하러 간 일.

다양한 이야기를 하며 수없이 웃었다.

조용한 여름밤. 하늘에는 별. 옆에는 부끄럼 많은 소녀.

나의 뇌리에 문득 이런 의문이 떠올랐다.

——다른 사람의 눈에 우리는…… 연인으로 보일까?

지금의 우리에게는 이렇게 새콤달콤한 의문이 끼어들 여지도 조금쯤은 있을지도 모르겠다. 만약 이 장면을 사진으로 찍어 백 명의 사람에게 보여주면 그중 한 명 정도는 연인의 달콤한 한때로 보는 사람이 있을지도 모른다.

이런 여름방학도 좋구나.

아름다운 밤하늘을 올려다보고 즐겁게 이야기하는 카미야마의 목소리를 들으며 나는 그런 생각을 했다.

우리의 대화가 일단락된 그때, 카미야마가 갑자기 내게 물었다.

"저기…… 그게……. 코, 코미나토는 신경 쓰이지 않아요……?"

갑작스러운 질문에 나는 되물었다.

"신경 쓰이지 않냐니…… 뭐가?"

"저의…… 이 종이봉투요……. 왜 쓰고 있는지……."

신경 쓰이지 않는다는 건 거짓말이다. 오히려 엄청 신경 쓰인다.

나는 내 마음에 솔직하게 대답했다.

"아아, 그 얘기였어? 신경 쓰이지 않는다……고 말하면 거짓말이려나?"

당연히 또 온몸에서 대량의 땀이 나서 툇마루에 홍수가 날 줄 알았는데 내 예상과 달리 카미야마는 땀도 흘리지 않고 종이봉투를 흠뻑 적시지도 않은 채 천천히 입을 열기 시작했다.

"그렇……죠? 저기…… 제가 종이봉투를 쓰게 된 건 초등학교 3학년 무렵부터였어요."

나는 고개를 끄덕이며 맞장구만 쳤다.

"저는 지금도 키가 크지만, 그때부터 주위 친구들보다 키가 조금 컸어요……."

조금 궁금해져서 질문했다.

"조금이라니 어느 정도였는데?"

"당시에…… 아마 178cm 정도였나……?"

조금이 아니었다.

"그건…… 뭐, 확실히 그러네……."

"그래서…… 그게 너무 부끄러웠죠. 키를 신경 쓰기 시작하니 이번에는 다른 사람과 이야기도 할 수 없게 됐어요……."

카미야마는 거기까지 말하고 마치 당시를 떠올리기라도

하는 듯 밤하늘을 올려다보았다. 한 가지가 신경 쓰이기 시작하면 다른 모든 게 신경 쓰인다는 건 비단 이런 것뿐만 아니라 흔한 일이다.

나는 카미야마의 말을 기다렸다.

"그래서…… 그래서 말이죠……. 일단 신경 쓰기 시작하니 어느새 누구와도 제대로 이야기 나눌 수 없게 되었고……. 정신을 차리고 보니 친구도 없었어요. 그래서…… 누구와도 놀 수 없으니 혼자 놀게 되었죠. 학교 친구가 아무도 가지 않을 법한 먼 공원에 일부러 가보거나……."

카미야마는 그렇게 말하고 조금 슬프게 웃었다. 나는 전혀 웃을 수 없었고 오히려 마음이 아팠다. 그런 나를 개의치 않고 카미야마는 말을 이었다.

"그날도 먼 공원에 가서 혼자 놀고 있었어요. 그런데…… 별난 남자애를 만났죠."

그렇게 말하며 그리운 듯 웃는 카미야마에게 나는 물었다.

"별나다니 어떻게?"

설마 종이봉투를 쓴 초대 종이봉투맨은 아니겠지?

나의 질문에 카미야마는 말을 이었다.

"그 남자애는…… 제가 놀던 공원에 종이봉투를 쓰고 들어왔어요……. 바로 지금 제가 쓰고 있는 것처럼……. 제가 말하는 것도 이상하지만, 조금 별나죠?"

설마 하던 초대 종이봉투맨이었다.

내가 여느 때처럼 딴죽을 걸고자 입을 연 그 순간――― 어쩐지 매우 중요한 것이 떠오른 기분이 들어서 즉각 입을 닫았다.

뭔가 매우. 매우 중요한 기억의 뚜껑이 지금 순간적으로 열리려 했던 것 같다.

아무 말도 없는 내게 카미야마는 말을 이었다.

"그 남자애는 저를 보자마자 종이봉투를 쓴 채 이렇게 말했어요. '우와~ 키 크다! 멋있어!'라고요. 지금까지 키가 커서 놀림 받은 적은 있지만, 멋있다는 말은 들은 적이 없어서……. 조금…… 아니…… 매우 기뻤어요……."

멋있다는 말에 자신감을 되찾아 큰 키를 신경 쓰지 않게 되었다면 그저 흔한 이야기다. 하지만 내가 아는 카미야마는 여전히 부끄럼이 많다. 나는 열리려던 기억의 뚜껑을 머릿속 한구석에서 신경 쓰며 카미야마에게 물었다.

"그…… 그렇구나. 하지만 그 남자애와 만났는데 왜 종이봉투를 쓰게 됐어?"

"네……. 그 남자애와 한동안 공원에서 대화를 나눴죠. 키가 커서 고민이라거나, 다른 사람과 이야기를 할 수 없어서 고민이라고요. 키가 큰 건 멋있다거나 셀 것 같다고 말해줬어요. 그리고 '빅맨 같아'라고도 했던가?"

"빅맨이라면 그 '가면 형사 빅맨' 말이야? 그러고 보니 예전에 유행이었지. 나도 빅맨 좋아했어."

“아, 코미나토도 빅맨을 좋아했군요. 그 남자애도 빅맨을 좋아했던 것 같아요.”

가면 형사 빅맨.

내가 초등학교 저학년일 때 한 시대를 풍미한 히어로 애니메이션이다. 평소에는 소심하고 키도 작은 형사인 주인공이 정의의 힘으로 키 2m가 넘는 가면 형사 빅맨으로 변신하여 키도 힘도, 그리고 마음도 커져 악당을 물리친다는 흔한 설정의 히어로물이다. 정체를 숨기기 위해 가면을 쓰고 나타나는 키 큰 히어로라 가면 형사 빅맨이다.

지금 생각해보면 저렴하기 그지없는 네이밍이고 억지스러운 스토리지만, 당시의 나는 그 히어로가 정말 좋았다.

나도 예전에는 키가 작은 편이어서 그 애니메이션에 푹 빠졌고, 빅맨의 가면을 쓴 채 동네를 순찰한답시고 어슬렁거렸다. 게다가 가면이 없을 때는…….

어라……?

가면이 없을 때는…… 나는 어떻게 했더라……?

또 기억의 뚜껑이 이번에는 불쾌하게 열리려던 것 같다.

내가 필사적으로 떠올리려 하는데 카미야마는 그런 나를 개의치 않고 과거 이야기를 계속했다.

“그 남자애도 코미나토와 마찬가지로 빅맨을 아주 좋아했던 것 같아요. 그래서 가면 대신 종이봉투를 썼다고 했어요.”

아련한 눈, 아니, 아련한 종이봉투 구멍의 카미야마를 아랑곳하지 않고 내 머리는 팽팽 돌아갔다.

빅맨을 좋아했던 당시의 나.

빅맨의 가면을 쓰고 동네를 순찰했다.

하지만 가면을 늘 가지고 다니지는 않았다.

가면이 없을 때는…… 나는…… 가면을 대신할 무언가를 이용했고…….

카미야마는 말을 이었다.

"그래서 그 남자애가 제게 말했어요. 빅맨은 변신하면 키와 힘이 세지고 가면을 쓰면 대담해져. 그래서 악을 물리치지. 너는 이미 키도 힘도 있어. 부족한 건——."

카미야마의 이 말에 내 기억의 뚜껑이 완전히 열렸다.

나는 카미야마의 말을 기다리지 않고 내 입으로 다음 말을 뱉었다.

"부족한 건 가면뿐이야……라고?"

내 말에 카미야마는 내 쪽을 보고 종이봉투 안쪽에서 놀란 목소리를 냈다.

"네. 용케 알았네요. 빅맨이 좋아하는 사람이라면 다 아는 건가?"

아니다.

내가 안 이유는 그런 게 아니다.

카미야마는 그렇게 말하며 미소 짓더니 그리운 듯 하늘

을 올려다보며 계속 말했다.

“저는 그 남자애에게 큰 용기를 얻었어요……. 그 남자애는 빅맨의 가면 대신 종이봉투를 쓰고 있었죠. 웃기죠? 동네에서 종이봉투를 쓰다니 이상해요. 그런데…… 제게는 아주 당당해 보였어요……. 아주 자신만만해 보였어요……. 그래서 그 남자애와 이야기하며 생각했죠. 나도 저렇게 다른 사람과 당당히 이야기할 수 있으면 좋겠다고요.”

카미야마는 그렇게 말하더니 그리운 듯 웃었다.

하지만 나는 웃을 수 없었다.

카미야마는 계속 말했다.

“그리고…… 그 남자애는 제게 종이봉투를 내밀며 아주 당당한 태도로 말했어요. ‘너도 오늘부터 빅맨이야. 너는 나보다 키가 커. 빅맨의 소질이 있어. 나와 함께 동네를 지키자!’ 하고요. 저는 동네를 지킬 생각은 들지 않았지만…… 그래, 나는 빅맨이 아니라 이 남자애처럼 되자. 되면 좋겠다고 그때 생각했어요. 제가 종이봉투를 쓰기 시작한 건 그때부터예요…….”

카미야마는 과거 이야기를 하며 그리운 듯 웃었다.

하지만 나는 웃을 수 없었다.

카미야마의 이야기가 지루해서가 아니었다. 과거 이야기 속에 나온 남자애의 행동이 이상해서도 아니었다.

내가 웃을 수 없던 이유―― 그것은 내가 카미야마의

과거 이야기 속에 나온 남자애 '본인'이었기 때문이다.

카미야마의 이야기를 들으며 모든 것이 떠올랐다.

당시에 초등학교 3학년이던 나는 매일같이 빅맨 놀이를 했다. 가면을 쓰고, 가면이 없을 때는 종이봉투를 쓴 채 순찰이라는 이름으로 동네를 누비고 다녔다. 시시한 놀이였다.

그러던 어느 날. 나는 한 여자애와 만났다. 공원에서 만난 키가 아주 큰 그 여자애는 자신의 큰 키가 고민이었다.

나는 그저 단순히 큰 키가 멋있다고 칭찬하며 힘이 센 것이 멋있다고 절찬했다. 그리고 여자애에게 종이봉투를 건네며 빅맨이 되라고 권했다.

그 여자애가 지금 내 눈앞에 있었다.

지금도 종이봉투를 쓰고 여름의 밤하늘을 올려다보며 내 옆에서 당시를 그리워하듯 미소 짓고 있었다.

당사자인 나는 빅맨 애니메이션이 끝남과 동시에 열정이 식었고, 문득 깨닫고 보니 이렇게 평범한 고등학생이 되어 있었다.

그런데———

나는 카미야마에게 물었다.

"……저기, 카미야마. 그 남자애를 지금은 어떻게 생각해?"

내 말을 들은 카미야마는 밤하늘에서 시선을 내리고 내 쪽을 보았다.

"네? 무얼 말인가요?"

"지금 네가 종이봉투를 쓰는 건 그 녀석이 종이봉투를 줬기 때문이잖아? 그때 만약 만나지 않았다면, 하고…… 원망한다……거나."

내 말을 들은 카미야마는 종이봉투를 좌우로 붕붕 저으며 대답했다.

"워, 원망이라니, 전혀 아니에요! 아무래도 빅맨처럼 동네를 지키자는 생각은 할 수 없었지만, 저는 그 남자애처럼 되고 싶다고 생각하며 지금까지…… 아니, 지금도 노력하고 있어요. 최근에는…… 오히려 종이봉투를 쓰는 게 당연해져서 종이봉투가 없으면 안 되는 지경이라, 그 남자애처럼은 전혀 될 수 없었지만요……. 아, 하지만……. 하지만 코미나토나 아라이, 그리고 하루사메와는 조금은 이야기할 수 있게 되었어요. 그러니 더 노력해서 그 남자애처럼…… 될 거예요. 그렇게 생각해……요……."

그렇게 말하며 이쪽을 보는 카미야마에게 나는 잠긴 목소리로 그러냐고 말하는 게 최선이었다.

그 뒤, 우리는 아무 말도 하지 않고 다만 밤하늘을 올려다보았지만, 머지않아 카미야마 쪽에서 작은 하품 소리가 들려서 우리는 나란히 방으로 돌아갔다.

나는 내 이불 속에서 천장을 바라보며 생각했다.

카미야마의 종이봉투. 그것은 내가 준 것이었다. 내가 권한 것이었다. 할 수만 있다면 어떻게든 하고 싶다. 아니, 내게는 어떻게든 해야 할 책임이 있다. 하지만 대체 어떻게?

결국——— 나는 이날 한숨도 자지 못했다.

카미야마와 종이봉투

■ 코미나토 나미토는 홀로 생각한다

대화부 합숙이 끝난 지 벌써 1주일이 지났다.

아직 개학도 하기 전인 여름방학의 막바지. 나는 여전히 비생산적인 나날을 보내고 있었다.

매일같이 내 스마트폰의 메시지 앱에 아라이와 하루사메, 그리고 카미야마의 연락이 날아왔다. 어째서 클럽활동에 나오지 않느냐는 내용이었다.

아무래도 그녀들은 합숙이 끝난 뒤에도 성실하게 학교에 가 클럽활동에 힘쓰는 모양이었다.

하지만 나는 전혀 갈 마음이 들지 않았고, 그렇다고 다른 일을 할 마음도 들지 않아 다만 내 방에 틀어박혀 그 일의 해결책을 찾고 있었다.

그 일이란, 그렇다. 카미야마의 종이봉투에 관한 일이다.

합숙에서 카미야마에게 들은 과거 이야기에 등장한 남자. 카미야마가 고등학생이 되어서도 종이봉투를 쓰지 않고는 생활할 수 없게 만든 장본인은 다름 아닌 나 자신이라는 사실이 내 마음에 짙은 먹구름을 드리웠다.

나는 내 방 침대에 축 늘어져 다리를 아무렇게나 내던지고 생각했다.

당시의 내가 카미야마와 만나지 않았다면 어땠을까 하고.

만약 만나지 않았다면 지금 카미야마가 그런 모습이었을까?

나는 생각했다. 아니, 그렇지 않았을 것이다.

조금 키가 크고 부끄럼이 많은 소녀였을지도 모르지만, 적어도 종이봉투를 쓰는 폭거에 나서지는 않았을 터였다.

나는 생각했다. 만약 나와 만나지 않았다면 카미야마는 조금 더…… 아니, 꽤 멀쩡한 고교 생활을 하지 않았을까?

나는 생각했다. 만약 그렇다면 나는…… 당시의 나는 얼토당토않은 짓을 저지른 것이다.

할 수만 있다면 지금이라도 카미야마가 종이봉투를 쓰지 않고도 생활할 수 있게 해주고 싶었다.

나는 생각했다. 내가 뿌린 씨앗이다. 내가 해결해야 한다.

나는 생각했다. 하지만 대체 어떻게……?

이런 사고의 무한루프를 지난 1주일 내내 반복하자 회피성 해결책이 떠올라 그것을 떼쳤다.

내가 한 짓은 내 힘으로 해결해야 한다. 하지만 그 방법을 알 수 없었다.

차라리 모든 것을 잊고 아무렇지도 않은 얼굴로 클럽활동에 얼굴을 비치며 거기서 카미야마에게 휘둘리거나 하루사메를 놀리거나 이따금 아라이에게 겁을 먹는 나날을 보낼까도 생각했지만, 역시 나는 그럴 수 없을 것 같았다.

이날도 생각이 전혀 정리되지 않아 해결책이 도저히 떠오르지 않았다. 침대 위에서 머리를 마구 쥐어뜯다가 일어나려고 생각한 그 순간.

침대 옆에 두었던 나의 스마트폰에서 얼빠진 알림음이 울려 퍼졌다. 그것도 연이어 세 번.

대충 스마트폰을 들고 알림음의 정체를 확인했다.

그것은 아라이, 하루사메, 그리고 카미야마에게 온 메시지였다. 모두 저마다 합숙 이후 거의 연락이 되지 않는 나를 걱정하는 내용의 메시지를 보냈다.

나는 각각의 메시지를 확인하고 답장을 보내기 위해 스마트폰 화면을 터치했다. 몇 번인가 문장을 쓰고 지운 뒤 새로 쓰고 그것도 지웠다.

솔직히 뭐라고 답을 하면 좋을지 알 수 없었다.

그것을 두세 번 반복하고 결국 어떤 말도 보낼 마음이 들지 않아 글자를 치던 손가락을 멈추었다. 휴 하고 크게 한숨을 쉬고서 들고 있던 스마트폰을 던지려던 그때. 이번에는 알림음이 아니라 착신음이 울렸다. 화면에는 하루사메라는 글자가 떠 있었다.

받을 생각은 없었지만, 내 손가락이 실수로 통화 버튼을 눌렀고 스마트폰에서 하루사메의 목소리가 울려 퍼졌다.

나는 별수 없이 스마트폰에 귀를 댔다.

"……여보세요. 코미나토입니다."

「여, 여보세요? 저기, 저기, 아짱? 잘 지내? 나야…….」

여느 때와 다름없는 하루사메였다.

그 녀석은 전화로도 상태가 이렇구나. 그렇게 생각하자 웃음이 솟구쳤다.

나는 그런 하루사메에게 나도 모르게 평소의 모습으로 농담을 했다.

"너였어……? 공교롭게도 아짱 씨라면 내 옆에서 자고 있어. 지금 바꿔줄까?"

「뭐? 저저저저저저 무무무무무슨 소리를 하는 거야? 아짱이라면 지금 내 방 벽에 기대고 서 있는…… 아니지. 전화를 받은…… 사람……은 쓰레기나토인걸. 저기…… 저기…….」

수화기를 통해 횡설수설하는 하루사메 때문에 나는 무심결에 폭소했다.

나의 폭소를 들은 하루사메는 전화기 너머에서 고래고래 소리쳤다.

「너, 너 말이야. 무례한 데도 정도가 있어! 지난 1주일 동안 뭐 했어! 저기…… 그게……. 걱정했다고……. 아, 걱정한 사람은 아라이와 카미야마지만! 나는 걱정 같은 건 하지 않았어. 착각하지 마!」

"아, 그래? 걱정을 끼쳐서 미안해. 그리고 걱정해줘서 고마워, 하루사메."

아무래도 걱정을 많이 끼친 모양이다. 나는 보기 드물게

순순히 사과하고 감사의 말을 했다.

「머, 멍청아! 나는 걱정하지 않았다고 했잖아. 저기…… 그, 그래, 걱정은커녕 다음에 쓰레기나토를 만나면 일격에 죽일 수 있도록 독수(毒手) 습득에 힘썼을 정도야. 바보! 무시무시한 독으로 죽도록 해!」

독수를 습득하려는 여고생은 없다. 거짓말을 하려면 좀 더…… 평범한 무술을 가져와…….

나는 마음속으로 그런 딴죽을 걸면서도 너무나도 여전한 하루사메에게 어쩐지 조금 도움을 받은 기분이 들었다.

"그래, 미안해. 그랬구나. 너는 나를 걱정하지 않았어. 그건 알았어. ……그런데 무슨 용건이라도 있어?"

그러자 하루사메는 지금까지 소리치던 목소리 톤을 떨어뜨리고 말했다.

「아무 용건…… 아니. 저기…… 그게 말이지……. 코미나토, 요즘 클럽활동에 안 나오잖아……? 그래서 무슨 고민이라도 있나…… 해서. 저, 저기! 저기……. 혹시 나라도 괜찮다면 상의 정도는 해줄 수도 있다……고…… 생각……해…….」

스마트폰 너머에서 마지막 말은 꺼질 듯한 목소리로 하루사메가 말했다.

상담해줄 수 있다?

하지만 이것은 나와 카미야마의 문제다. 나아가 나 자신의 문제다. 내가 홀로 해결해야 한다.

지난 1주일, 수없이 반복하여 생각한 내용이 머릿속을 내달려서 통화를 하다 말고 입을 다물었다.

「……보세요……? 야, 여보세요. 코미나토, 듣고 있어? 이상하네……. 전파가 안 좋은가……?」

스마트폰 너머에서 하루사메의 목소리가 들렸다.

그렇게 큰 문제는 아니야. 조만간 클럽활동에 얼굴을 비칠 테니 걱정하지 마. 그렇게 입을 열려던 그때.

전파가 좋지 않다고 생각한 하루사메의 혼잣말이 내 귀에 다다랐다.

「여보세요……. 글렀네……. 안 들리나 봐. 하여튼…… 무슨 일이 있었는지 모르겠지만, 코미나토도 말을 해주면 좋을 텐데……. 코미나토는 소중한 클럽활동 멤버니까. 게다가…… 게다가 소중한 친구고……. 코미나토의 문제는 모두의 문제잖아……. 무슨 일이 있으면 상의하면 되는데. 오히려 상의하길 바라는데……. 뭐, 본인에게 이런 말은 절대 못 하지만…….」

소중한 멤버. 소중한 친구.

하루사메의 말을 들은 내 입에서 나조차도 예상치 못했던 말이 자연스레 쏟아져나왔다.

"……소중한…… 멤버?"

「그래. 소중한 멤……버…… 잠깐, 쓰레기나토? 어, 어째서? 전파가 안 좋은 거 아니었어? 혹시…… 아까 내가 한 말을 다 들었어? ……이, 이제 이렇게 되었으니 독수로 심장을 꿰뚫을 수밖에 없겠어! 우심방과 좌심실을 뒤바꿔 주마!」

제법 독특한 독수구나.

전화 너머로 당황한 하루사메의 얼굴이 떠오르는 듯했다.

나는 고래고래 소리치는 하루사메를 무시하고 말을 이었다.

"하루사메. 너 지금 상의하길 바란다고 했어?"

「……아, 안 했어! 절대로 안 했어!」

나는 진지한 목소리 톤으로 하루사메를 추궁했다.

"미안해. 다시 한번 물어봐도 될까? 상의하길 원한다고 방금 말했어?"

「……마, 말했어. 말했는데……? 그게 뭐……?」

나는 다시 한번 물었다.

"소중한 멤버고 소중한 친구라고 방금 말했어?"

「말했어……. 그래서 그게.」

그게 뭐? 그렇게 말하려던 하루사메를 가로막듯 내 입에서는 말이 마구 쏟아져나왔다.

"내 문제는 모두의 문제라고 말———"

이번에는 내 말을 하루사메가 가로막았다.

「그러니까 말했다고! 그게 뭐 어때서! 말했다……. 왜냐하면…… 코미나토는 내 소중한 친구잖아……. 아마 아라이도 카미야마도 같은 마음일 거라고…… 생각해. 무, 무슨 말을 하게 하는 거야! 창피하잖아!」

하루사메의 말이 어쩐지 내 가슴에 쿵 떨어졌다.

정신을 차리고 보니 나는 이런 말을 하고 있었다.

"나는…… 나는 너희들과 상의해도 될까?"

수화기 너머의 하루사메는 작게 한숨을 쉬더니 이렇게 말했다.

「……좋아. 당연하잖아. ……그래서 무슨 일이 있었는데?」

■ 코미나토 나미토와 아라이 히나타와 아마노 하루사메는 행동하고, 카미야마 사미다레도 생각한다

여름방학 마지막 날.

나는 홀로 어느 공원에 와 있었다. 시각은 오후 6시. 태양은 서서히 서쪽 하늘로 저물어 하늘은 고운 암적색으로 물들었다.

나는 석양이 비치는 공원에 발을 들이고 정글짐 쪽을 향해 천천히 걸어가며 중얼거렸다.

"자…… 보자. 그 녀석들은 준비가 끝났을까……? 예정 시각까지는 조금 남았으니 나도 이참에 확인해둘까?"

나는 걸어가며 바지 주머니 속에 손을 찔러넣고 '그것'이 제대로 들어 있는지 확인했다.

주머니에 넣은 내 손끝에 부스럭거리는 감촉이 느껴졌다.

확실히 있다.

나는 정글짐 아래까지 이르러 십자로 얽힌 철봉 중 하나에 훌쩍 다리를 걸고 위를 향해 올라가기 시작했다.

손과 발을 교대로 철봉에 걸며 이제부터 일어날 일을 머릿속으로 예행 연습하고 꿀꺽 침을 삼켰다.

예전에는 그토록 크게 느껴지던 정글짐도 고등학생이 된 지금은 작게 느껴졌다.

나는 순식간에 꼭대기까지 올라가 맨 윗단에 앉은 뒤 아까 확인한 주머니 속의 내용물을 꺼내어 이제부터 일어날 일을 대비했다.

곧 이 공원에 카미야마가 올 것이다.

여름방학의 마지막 날이니 클럽활동부의 모든 부원이 모여 불꽃놀이라도 하지 않을래?

이틀 전, 난 카미야마에게 그런 제안을 했다.

하지만 이제부터 내가…… 아니, 우리가 하려는 일은 불꽃놀이가 아니다. 이제부터 우리는 여기서———

내가 앞으로의 일을 생각하는데 갑자기 스마트폰의 알림음이 울렸다.

화면을 확인하자 메시지 앱에 두 건의 메시지가 와 있었다. 각각 '준비 OK'라고만 적혀있었다.

아무래도 두 사람 모두 준비가 끝난 모양이었다.

나는 다시 한번 앞으로의 순서를 머릿속으로 그리고 암적색 하늘을 올려다보며 며칠 전의 일을 떠올렸다.

며칠 전. 하루사메와 상의한 나는 그 뒤 이내 아라이에게도 상담을 청했다. 두 사람은 모두 "왜 더 빨리 말하지 않았어?"라는 아주 고마운 말을 해주었고, 셋이서 카미야마의 종이봉투를 벗길 방법을 고심했다.

물론 억지로 벗기는 게 아니다. 카미야마가 직접 종이봉투를 벗고 민얼굴로 생활할 수 있게 할 생각이었다. 그리하여 우리는 '어느 작전'을 생각했고, 이제부터 그 작전을 실행에 옮길 거다.

이제 카미야마가 도착하기만 기다리면 된다. 모두와 짠 작전은 이미 머리에 들어 있다.

하지만. 하지만 이런 방법이 정말 잘 될까? 이 방법으로 괜찮을까?

정글짐 꼭대기에 앉은 내 마음에 불안의 파도가 밀려들었지만 억지로 밀쳐냈다.

괜찮다. 다 함께 생각한 작전이다. 분명 잘 될 것이다. 아니, 반드시 잘 되게 할 것이다.

내가 속으로 되뇌던 그때, 공원 입구에 사람 그림자가 보였다.

그 사람은 긴 감색 치마에 티셔츠를 입고 그 위에 얇은 흰색 서머 재킷을 걸치고 있었다. 발에는 굽 낮은 시원한 샌들을 신고 있었고, 머리에는 갈색 종이봉투를 폭 뒤집어 쓰고 있었다.

카미야마였다.

나는 카미야마가 나를 알아채기 전에 정글짐 맨 윗단에

서 빙 돌아 등을 졌다.

머지않아 내 뒤쪽에서 카미야마가 이쪽으로 총총 다가오는 소리가 들리는가 싶더니 정글짐 밑에서 나를 부르는 목소리가 들렸다.

"오, 오래 기다렸죠……? 코미나토. 아라이랑 하루사메는 아직 안 왔나요?"

하지만 나는 대답하지 않았다.

카미야마는 대답이 없는 내 뒷모습에 불안한 듯 말을 걸었다.

"저기…… 그러니까……. 코미나토…… 맞죠……? 카미야마예요. 오래 기다렸죠? 오늘 여기서 모두 불꽃놀이를 한다고……."

나는 조용히 앉은 채 마음속으로 힘차게 나 자신을 북돋웠다.

여기까지 왔으니 이제 할 수밖에 없다. 힘내라, 나미토!

나는 카미야마의 목소리를 무시하며 내 손에 쥐고 있던 것을 빤히 보고 그것을 머리에 뒤집어썼다. 내가 지금 쓴 것.

그것은 종이봉투였다.

카미야마가 늘 쓰는 갈색 민무늬 종이봉투를 내 머리에 장착하고 정글짐 맨 윗단에서 힘차게 일어섰다.

그리고 카미야마 쪽을 돌아본 뒤 공원 안에 쩌렁쩌렁 울리는 목소리로 이렇게 말했다.

"오…… 오, 오랜만이야, 언젠가 만났던 소녀! 나를…… 기억해?"

처음에는 부끄러운 나머지 목소리가 떨렸지만, 그것을 겨우 극복하고 대본대로 대사를 말했다.

내 종이봉투에 뚫린 구멍에서 카미야마가 보였다.

카미야마도 자신의 머리에 쓴 종이봉투의 구멍에서 내 쪽을 올려다보며 어리둥절했다.

만약 이 장면을 아무것도 모르는 사람이 본다면 역시 이렇게 생각할 것이다.

틀림없이 괴짜 모임일 거라고.

나는 종이봉투 안쪽에서 조금 자조하듯 입가를 느슨하게 풀었다. 하지만 지금 그런 것은 아무 상관도 없다.

나는 어안이 벙벙한 카미야마에게 다음 대사를 말했다.

"그 뒤로 몇 년이 지났을까? 오늘은 네게 전할 게 있어서 여기에 왔어! 그래……. 너와 처음 만난 이 공원에서 말이야!"

그러자 카미야마는 갈색 종이봉투 안쪽에서 목소리를 냈다.

"그러고 보니 여긴……! 코미……나토……? 어떻게 이 공원까지 알고 있는 거죠……? 애, 애초에 무슨 말을 하는지……모르……겠는데……."

나는 대답했다.

"나는 코미나토가 아니야! 내 이름은……. 내…… 이름은……."

여기까지 말한 나는 머뭇거렸다. 왜냐하면 다음 말을 하기가 너무나도 부끄러웠기 때문이다. 고등학생이나 돼서 이런 짓을, 게다가 매우 진지하게 큰 소리로 말하기가 창피해서 머뭇거리자 공원 구석의 나무 사이에서 나를 매도하는 소리가 들렸다.

"야, 쓰레기나토! ……아니지……. 저기, 그게……. 거기 쓰레기나토가 아닌 사람! 뭘 부끄러워하고 있어! 잔말 말고 제대로 해!"

하루사메의 목소리였다.

카미야마는 방금 하루사메의 목소리가 난 쪽으로 종이봉투를 향했다가 다시 내 쪽으로 종이봉투를 향하기를 반복하며 정글짐 밑에서 곤혹스러워했다.

고마워, 하루사메. 덕분에 살았어. 여기까지 와서 뭘 부끄러워하는 거야?

나는 수치심도 체면도 내던지고 있는 힘껏 외쳤다.

"나는…… 내 이름은 가면 형사 빅맨! 오늘은 네게 전하고 싶은 게 있어!"

지금까지 어리둥절하던 카미야마가 멍한 상태로 말했다.

"저기…… 코미나토…… 맞지요? 게다가 아까 그건 하루사메……죠……? 두 사람 다 무슨 짓을……. 저기…… 아라이는요……?”

카미야마의 이 말에 대답한 것은 나무 사이의 목소리였다.

“나왔구나, 가면 형사! 나, 나, 나의 마법 앞에 이번에야말로 쓰러지도록 해라! 너를 쓰러뜨리고 이 동네는 내가 정복하겠다!”

나와 카미야마는 동시에 목소리가 나는 방향으로 종이 봉투를 향했다.

그곳에는 나무 사이에서 시원스레! ……라고는 할 수 없고, 나무에 이리저리 걸려가며 어렵사리 나타난 마법 소녀가 있었다.

하늘하늘하고 풍성한 새하얀 치마에, 마찬가지로 하늘하늘한 셔츠. 손에는 마법 지팡이를 들었고, 머리카락 색깔은 새빨갰다. 번쩍이는 에나멜 구두를 신고, 마치 2차원의 세계에서 튀어나온 듯한 모습의 마법 소녀가 그곳에 있었다.

하지만 우리가 지금까지 수없이 보아 온 마법 소녀 등신대 패널은 아니었다.

그곳에는 하루사메가 늘 데리고 다니는 마법 소녀의 코스프레를 한 하루사메 본인이 있었다.

마법 소녀 모습의 하루사메가 온몸에 나뭇가지와 나뭇잎을 잔뜩 달고 우리 앞에 나타난 것이다.

하루사메는 나무 사이에서 어렵사리 나와 정글짐 위에

있는 나를 척 가리키며 외쳤다.

"내, 내, 내려와라, 가면 형사! 오늘에야말로 결판을 지을 테니까!"

카미야마가 곤혹스러워하며 말했다.

"저기…… 하루사메……? 게다가 코미나토도……. 저기…… 저는, 뭐가 뭔지———"

뭐가 뭔지 모르겠다. 그렇게 뱉으려던 카미야마의 말을 지우듯 이번에는 내가 외쳤다.

"하하하하하! 악의 마법 소녀여, 네놈은 이 동네의 평화를 망칠 수 없다! 간다!"

나는 그렇게 말하고 결심한 뒤 정글짐 위에서 기세 좋게 뛰어내렸다.

시야가 엄청난 속도로 위에서 아래로 이동했다.

종이봉투에 뚫린 구멍을 통해 필사적으로 시야를 확보하고 발이 땅에 닿은 순간에 무릎을 구부려 충격을 완화하려 했다. 하지만 그런데도 기세를 죽이지 못하여 발바닥에 찡한 통증이 전해졌다.

애니메이션의 히어로처럼은 못 하겠다. 하지만 나는 지금 가면 형사다. 이걸 들키면 히어로 자격이 없지 않은가.

나는 최대한 아무렇지도 않은 얼굴로…… 아니, 아무렇지도 않은 종이봉투로 자세를 고치고 마법 소녀 모습의 하루사메와 대치하듯 나 또한 그녀 쪽을 척 가리켰다.

종이봉투를 쓴 수상한 남자와 마법 소녀 코스프레를 한 소녀 사이에 종이봉투를 쓴 카미야마가 끼였다.

누가 어떻게 봐도 전혀 영문 모를 상황이 완성되었다.

평소와는 다른 우리 사이에서 곤혹스러움이 절정에 다다른 카미야마는 여느 때처럼 땀을 뻘뻘 흘렸다.

갈색 종이봉투를 땀으로 적시고 검은 머리카락 끝에서 떨어진 땀이 땅바닥의 색깔을 짙게 물들였다.

하지만 이 곤혹스러움에 더욱 박차를 가하는 사건이 일어날 것을 나는 알고 있었다.

"자~ 여러분, 이쪽이에요. 제 뒤로 잘 따라오세요."

공원의 입구 쪽에서 여성의 목소리가 났다.

우리 세 사람이 나란히 목소리가 나는 쪽으로 시선을 보내자 그곳에는 평소처럼 교복 차림인 아라이가 보였다.

그리고 아라이를 따르듯 초등학교 저학년 정도의 어린 아이들이 줄줄이 이 공원으로 들어왔다. 아무래도 아라이 역시 확실히 제 몫을 다하고 있는 모양이었다.

내가 하루사메와 아라이와 상의하여 셋이서 정한 작전은 이랬다.

나는 오늘 가면 형사 빅맨이 되어 종이봉투를 쓰고 카미야마의 앞에 나타난다.

그때 악의 마법 소녀가 된 하루사메가 등장한다. 두 사람은 사투를 벌이고 카미야마의 힘을 빌린 빅맨은 마법 소녀에게 승리를 거두어 동네에 평화가 되돌아온다……는 내용의 촌극이다.

마지막에는 가면 형사인 내가 카미야마에게 이제 그런 가면이 없어도 너는 훌륭한 히어로다, 그러니 그 종이봉투를 벗으라고 말하면 우리의 기세에 눌린 카미야마는 종이봉투를 벗지 않을까 하는 계산이었다.

그리고 아라이가 모은 아이들에게 그 촌극을 보여준다.

어린아이들이지만 여러 사람 앞에서 한 번 종이봉투를 벗으면 카미야마도 학교에서 민얼굴을 드러내는 데에도 거부감이 없어질지도 모른다. 우리는 발이 넓은 아라이에게 관객 모집을 맡겼다.

내가 생각해도 멍청한 작전이었다. 치졸하고 유치한 작전이었다.

하지만 우리가 각자의 개성을 살려 할 수 있는 일을…… 생각했을 때. 어쩐지 이것이 가장 잘 와 닿았다.

게다가 관객은 그렇게 엄청난 사람 말고 막바지 여름방학 심심한 근처 아이들이 몇 명 와주면 좋겠다고 생각했다. 그랬는데…….

나는 아라이에 이어 공원에 들어온 아이들의 숫자를 보고 눈이 휘둥그레졌다.

아라이의 뒤를 따라 온 건 반 하나는 꾸릴 수 있을 만큼 많은 아이와 보호자들이었다.

심지어 그 뒤로 경찰관에 소방관까지 줄줄이 붙어 있었다. 다 합치면 족히 백 명은 넘을 숫자였다.

석양이 비치는 공원은 단숨에 북적였고, 우리는 순식간에 관객에게 둘러싸였다.

어린 관객들은 저마다, 힘내라! 무찔러라! 하고 떠들어댔고, 어른 관객들은, 히어로 쇼라고 들었는데? 웬 종이봉투? 게다가 둘이나, 하고 수군대며 우리에게 가감 없이 수상쩍은 시선을 보냈다. 대체 이게 무슨 일이람.

나는 황급히 하루사메 쪽을 보았다.

하지만 하루사메도 나와 똑같이 놀란 얼굴을 하고 있었다. 오히려 나는 얼굴을 종이봉투로 가리고 있으니 대미지는 하루사메가 더 클 거다.

나는 관객들의 맨 앞에 진을 치고 이쪽을 응원하듯 바라보는 아라이에게 다가섰다.

"잠깐! 왜 이렇게 많아! 아이들을 조금만 모으면 된다고 부탁했잖아."

그러자 아라이는 자못 당연하다는 듯 대답했다.

"코미나토. 이왕이면 큰 게 낫다잖아. 내 연줄로 이 공원에서 도보로 30분 이내에 있는 어린이회 전체에 전달했어. 게다가 이 시간에 어린아이가 혼자 돌아다니면 위험하잖아?

물론 그 보호자에게 동석해달라고 부탁했지!"
"그, 그럼 경찰관이나 소방관은 뭐 하러 온 거야……?"
아라이는 더욱 태연히 대답했다.
"아아, 공원에서 공연하려면 경찰관의 허가가 필요하잖아? 게다가 화약을 쓸 거면 소방관도 오셔야지."
이 녀석은 무슨 말을 하는 거야?
"화약?! 화약을 쓸 계획은 없——"
쓸 계획은 없다. 그렇게 말하려던 내게 덤벼들듯 아라이가 말을 포갰다.
"들어봐. 잘 생각해, 코미나토. 관객을 즐겁게 해주기 위해 무대 장치는 매우 중요해. 나는 이 작전을 실행하며 '가면 형사'를 조사했어. 그랬더니 매회 마지막에는 채석장에서 싸우고 악당 괴물이 대량의 화약과 함께 폭발하더라."
그렇게까지 충실하게 재현하지 않아도 되는데.
내가 종이봉투 속에서 썩은 동태눈을 하고 있는데 아라이는 계속 말했다.
"그래서 이번에도 대량의 화약을 준비했어. 충분한 양이니 괜찮아. 안심하고 마지막 기술로 하루사메를 폭발시켜!"
아라이는 그렇게 말하고 내 손을 꽉 잡았다.
하루사메를 폭발시킨다. '절대로 쓰지 않는 일본어 강좌'에나 나올 법한 일본어가 그곳에 있었다.
내가 활짝 웃는 아라이의 앞에서 어찌 된 일인지 몰라

머뭇거리자 어린 관객들이 야유를 보냈다.

우리 세 사람. 한 명의 마법 소녀와 두 명의 종이봉투가 도통 움직이지 않았기 때문이리라.

이렇게 되었으니 할 수밖에 없다. 관객이 많든 적든 어차피 우리가 하려는 짓은 마찬가지니까.

화약이라는 말이 마음에 걸리지만, 그것도…… 분명 괜찮을 것이다……. 괜찮으면 좋겠다.

나는 각오하고 아라이에게, 그리고 많은 관객에게 등을 진 뒤 하루사메 쪽을 향해 외쳤다. 분풀이하듯 외쳤다.

"오…… 오래 기다렸다, 악의 마법 소녀여! 이 동네를 네 마음대로 주무르게 두지 않겠다!"

내 말을 들은 하루사메는 얼굴을 새빨갛게 물들이고 허둥대며 다음 대사를 말했다.

"엥……? 아, 잠깐……. 이대로 시작되는 거야? ……정말로? ……에에잇, 해야지 어쩌겠어! 저기……. 흐, 흥! 네까짓 게 이 몸을 쓰러뜨릴 수 있을까? 나의 마법을 이용해 잿더미로 만들어주마! 나의 마력은 엄청나거든!"

평범하게 있으면 귀여운 하루사메가 마법 소녀 코스프레를 하고 나를 몰아세우자 관객들은 일제히 환호성을 질렀다.

하루사메는 커다란 환호성에 당황하여 얼굴을 한층 더 새빨갛게 물들이며 겨우 손에 든 마법 지팡이를 내게 휘두르며 소리쳤다.

"바, 받아라, 가면 형사! 나의 마법…… 매지컬 몰살 플레어!"

하루사메의 입에서 흉흉한 주문이 나왔다.

본래는 이 흉흉한 주문을 말한 뒤, 내가 괴로워하는 연기를 하며 땅바닥에 쓰러지는 것이 대본이었다.

하지만 내가 괴로워하는 연기를 하기도 전에 내 발밑의 땅바닥이 폭발했다.

비유도 뭣도 아니라, 말 그대로, 글자 그대로 내 발밑의 땅바닥이 폭발했다.

관객들은 일제히 환호성을 질렀지만, 내 귀에는 폭발의 잔향이 메아리쳐서 환호성이고 뭐고 들리지 않았다. 나는 연기가 아니라 진심으로 폭풍에 날아가 땅바닥에 쓰러졌다.

"이, 화약을 얼마나 쓴 거야! 자칫 잘못했으면 죽었다고!"

그렇게 말하며 아라이 쪽을 보자 아라이가 대답했다.

"괜찮아! 잘 계산했으니 내게 맡겨! 지금은 관객을 즐겁게 해줄 생각만 해! 그러니까 마지막엔 하루사메를 폭발시켜!"

나는 깨달았다. 이 녀석은 당초의 목적을 완전히 잊었다!

아마 하루사메도 이 폭발에 대해 아무것도 듣지 못했으리라. 그녀도 자신의 마법에 따라 일어난 폭발에 멍한 표정을 짓고 있었다. 그러나 곧 내가 무사한 걸 알더니, 관객들의 환호성을 듣고는 금방 우쭐한 얼굴이 되었다. 그리고는 대본에 없는 대사를 하기 시작했다.

"어…… 어떠냐? 이게 나의 살육 마법, 매지컬 몰살 플레어다! 쓰레기나토…… 아니, 가면 형사 한둘쯤은 쉽게 불태울 수 있지! 받아라! 톡톡히 맛보도록 해라! 매지컬 몰살 플레어! 플레어! 플레어어어어!"

하루사메는 기술 이름을 연호하며 마법 지팡이를 마구 휘둘렀다.

그러자 내 눈앞의 땅바닥이 연이어 폭발했고, 빨강, 파랑, 노랑의 알록달록한 연기가 피어올랐다. 나는 참지 못하고 그 자리에서 구르며 폭풍을 피했다.

아라이 녀석, 하루사메가 이렇게 흥이 오를 것까지 계산에 넣고 화약을 준비한 건가?!

나는 종이봉투 안쪽에서 손님의 반응을 힐긋 보았다.

일부 공무원을 제외하고 관객들은 이 대규모 폭발에 마음을 빼앗긴 모양이었다. 아이들은 물론 그 보호자까지도 입에 손을 대고 마법 소녀의 마법을 응원했다.

하지만, 하지만 말이다.

당하기만 하다가 끝낼 수는 없었다. 왜냐하면 나는 지금 히어로니까!

나는 폭풍에 날아가는 척을 하며 땅바닥을 굴러 이동한 뒤 때마침 다다른 것처럼 무대의 중심에서 엉덩방아를 찧으며 그저 멍한 카미야마의 밑에 다다랐다.

마법 소녀 하루사메가 외쳤다.

"소용없다……. 가면 형사. 나의 마법에 손쓸 엄두도 내지 못하다니……. 그 모양이니 쓰레기나토라거나 쓰레기미나토라거나 쓰레기라고 불리는 거야! 쪼르르 도망치는 것도 이제 끝이다! 거기 종이봉투를 쓴 여자애와 함께 이 세상에서 하직하게 해주마!"

하루사메는 드높이 선언하고 손에 든 마법 지팡이를 쳐들더니 우리를 향해 휘둘렀다.

"매지컬 몰살 플레어!"

하지만 이번에는 폭발이 일어나지 않았다. 하루사메는 몇 번이나 우리를 향해 지팡이를 휘둘렀다. 하지만 매지컬한 플레어는 전혀 발사되지 않았다.

관객들이 술렁이자 나는 때를 기다려 일어선 뒤 카미야마의 손을 잡고 관객을 향해 말했다.

"……아무래도 마력이 다한 모양이군……. 악의 마법 소녀여. 주위를 봐라. 이 손님들이 정의의 힘으로 네 마력을 없앤 것이다. 그렇지? 카미야마."

어안이 벙벙한 카미야마도 땀을 뻘뻘 흘리며 장단을 맞춰주었다.

"……네? 저기…… 그게…… 네……."

우리의 대사에 분한 표정을 지으며 하루사메가 응수했다.

"……이…… 이럴 수가……. 이 동네 사람들의 파워가 이렇게 강하다니……! 매…… 매지컬 몰살 플레어! 플레어! 플레어어어어어!"

하지만 매지컬한 플레어는 발사되지 않았다.

이번에는 이쪽의 차례다!

나는 360도 둘러싼 손님 쪽을 향해 그 자리에서 천천히 회전하며 둘러보았고, 크게 외쳤다.

"보다시피 악의 마법 소녀의 마력은 여러분이 보내주신 정의의 마음으로 사라졌습니다! 이번에는 제가…… 저희가 악의 마법 소녀를 쓰러뜨릴 차례입니다! 하지만 힘이 부족해요! 그러니 여러분! 이번에는 저와…… 그리고 이 종이봉투를 쓴 소녀 카미야마에게 정의의 파워를 보내주세요! 여러분의 파워가 모이면 분명 동네에 평화가 찾아올 겁니다!"

내 말을 들은 관객들은 처음엔 어떻게 하면 좋을지 모르는 모습으로 주위를 살폈지만, 갑자기 관객 중 한 아이가 소리쳤다.

"힘내라, 빅맨! 카미야마!"

그 말에 맞추듯 관객들은 저마다, 힘내라, 빅맨! 카미야마! 하고 외치기 시작했고, 어느새 하나의 커다란 소용돌이가 되어 우리를 에워쌌다.

연호에 압도된 하루사메가 멈칫했다.

"마…… 맙소사……. 설마…… 나는 여기서…… 여기서

당할 수는!"

나는 그것에 호응하듯 지금까지 중 가장 큰 목소리를 냈다.

"여기까지다, 마법 소녀! 지금 여기 있는 손님들께 나와 카미야마는 정의의 힘을 받았다! 나는 가면 형사! 이 동네의 평화를 지키는 자! 늘 당당히 싸우는 자다! 이걸 받아라———!"

나는 그렇게 말하고 옆에 있는 카미야마의 손을 잡은 뒤 높이 쳐들었다. 그리고 하루사메 쪽으로 기세 좋게 휘두르며 애니메이션 속 가면 형사의 필살기 이름을 외쳤다.

"이제 끝이다! 가면 형사 파이널 빅뱅!"

그 순간.

하루사메의 발밑에서 오늘 중 최대의 폭발이 일었다. 일곱 빛깔의 연기가 주위에 자욱했고, 흡사 특촬 전대물을 눈앞에서 보는 듯했다.

이윽고 여름 바람이 연기를 흘려보내 주위의 상황을 확인할 수 있게 되자 지금까지 하루사메가 있던 곳에는 까맣게 탄 마법 지팡이 한 자루가 덩그러니 떨어져 있을 뿐이었다.

설마 그 녀석…… 정말로 폭발했나……?

내가 당황하자 흙먼지에 파묻힌 하루사메가 울 것 같은 얼굴로 땅바닥에서 불쑥 나타났다.

"콜록…… 콜록…… 오…… 오늘은 여기서 물러나, 콜록…… 주마. 하지만 나는 언젠가 또다시 이 동네를 접수하러, 콜록…… 접수하러 올 것이다! 똑똑히 기억해둬라!"

다행이다. 폭발하지는 않은 모양이다.

하루사메는 기침하면서도 대본의 마지막 대사를 성실하게 끝마치고 울며 관객들 사이를 누벼 무대에서 퇴장했다.

고맙다, 하루사메. 부끄러움에 지지 않고, 아라이에게도 지지 않고 잘했다. 그 녀석에게는 다음에 반드시 감사의 말을 해야겠다.

하루사메가 퇴장함과 동시에 관객 속에서 큰 환호성이 터졌다. 아이들도, 보호자들도 공무원들까지도 우리의 촌극에 환호하며 손뼉을 쳤다.

이리하여 우리의 촌극은 막을 내리……지는 않았다.

나는 박수 소리가 그치기를 기다렸다가 아직 손을 잡고 있는 카미야마 쪽을 보고 조용히 대본이 아닌 내 말을 뱉었다.

"이것으로 이 동네의 평화는 지켰어. 고마워, 카미야마."

카미야마는 대답했다.

"저기…… 그게…… 네, 저야말로……."

"실은 너에게 꼭 해야 할 말이 있어."

내가 그렇게 말하자 카미야마는 종이봉투를 위아래로 끄덕였다.

어느새 관객들은 조용해져서 우리 이야기에 귀를 기울였다.

나는 말했다.

"예전에 네가 만났다는 남자애. 그 녀석은…… 과거의 나야. 초등학교 3학년인 내가 네가 종이봉투를 맡겼어."

내 말에 카미야마는 놀란 모습을 보이며 종이봉투를 작게 위아래로 끄덕였다.

나는 카미야마에게 고백을 이어갔다.

"하지만 나는 그런 걸 까맣게 잊고 있었어. 합숙 날 밤에 네게 과거 이야기를 듣기 전까지. 정말 미안해."

내가 사과하자 카미야마는 양손을 몸 앞으로 내밀어 붕붕 저으며 부정했다. 카미야마의 손끝에서 튄 땀이 내가 쓴 종이봉투에 묻었다.

"그랬……군요. 하지만 미안하다니 전혀 아니에요……. 저야말로 그 남자애처럼…… 아니, 코미나토처럼 당당해지고 싶었어요……. 하지만 불가능했죠……. 그…… 미안해요……."

나는 사과하는 카미야마에게 말을 이었다.

"그러니까 오늘 이렇게 그때의 결판을 지었어."

"결판……?"

"그때, 당시의 내가 네게 뭐라고 말했는지 기억해?"

내가 묻자 카미야마는 잠시 생각하며 머뭇머뭇 대답했다.

"저……기……. 확실히 '너도 오늘부터 빅맨이야. 너는 나보다 키가 커. 빅맨의 소질이 있어. 나와 함께 동네를 지키자!'였던가요?"

"응, 그래서 오늘 나는…… 아니, 우리는 이렇게 동네를 지켰어."

카미야마의 종이봉투 속에서 깜짝 놀라 숨을 삼키는 소리가 들렸다.

나는 말을 이었다.

"그러니까 이렇게 동네를 지킨 네게 전하고 싶은 게 있어. 그건…… 그것……은……."

내가 그다음 말을 좀처럼 하지 못하자 갑자기 관객 속에서 목소리가 들렸다. 그것은 한 어린 여자애였다.

여자애는 내 쪽을 향해, 힘내라, 빅맨! 하고 말해줬다. 그러자 그것에 호응하듯 몇몇 아이들이 말을 이었고, 어느새 나를 향한 성원은 관객 전체의 환호성이 되어 있었다.

해가 완전히 저문 공원에 빅맨을 향한 응원이 울려 퍼졌다.

나는 모두의 응원을 등에 지고 용기를 쥐어 짜내어 카미야마에게 말을 걸었다. 대사가 아니었다. 대본이 아니었다. 진짜 나의 말이었다.

"전하고 싶은 것…… 그건 그 무렵의 내가 맡긴 종이봉투야. 그건 방금, 역할을 다하지 않았을까?"

나는 말을 마치고 지금까지 내 머리에 쓰고 있던 종이봉투를 벗었다.

카미야마는 다만 가만히 내 말을 듣고 있었다.

관객들의 성원도 어느새 사라지고 완전히 밤이 된 공원은 정숙에 감싸였다.

조용한 밤의 공원에서 우리 두 사람은 많은 관객에게 둘러싸여 있었다.

카미야마는 지금도 온몸에서 땀을 뻘뻘 흘리며 내 쪽에 종이봉투를 향한 채 무언가를 생각하는 모습이었다.

말을 하고자 커다란 가슴에 손을 얹고 숨을 들이마신 뒤 그 손을 꽉 쥐고 말을 골랐다. 적절한 말을 찾지 못했는지 들이마신 숨을 떨듯이 내뱉고는 다시 한번 가슴 언저리에 둔 손을 쥐었다. 자기 마음을 형태로 나타내고자 필사적으로 말을 찾는 카미야마가 내 눈앞에 있었다. 긴장과 곤혹스러움이 내게도 전해졌다.

그런 카미야마를 보며 나는 생각했다.

역시 실패했나……? 이런 작전으로 종이봉투를 벗을 수 있다면 카미야마도 고생하지는 않겠지……? 오히려 이렇게 조잡한 짓을 해서 카미야마를 궁지에 몰았을지도 모른다. 어쩌면 나는 얼토당토않은 짓을 한지도 모르겠다…….
이런 짓을 하지 않는 게 나았을까?

내가 후회하던 그때.

에워싼 관객 무리 바깥쪽에서 한바탕 커다란 환호성이 들렸다.

"카미야마!"

목소리의 주인공은——— 하루사메였다.

나와 카미야마, 그리고 관객의 시선이 하루사메에게 집중되었다.

너덜너덜한 마법 소녀 코스튬을 그대로 입고 얼굴에 묻은 진흙도 닦지 않은 채 우리의 동향을 지켜보고 있었으리라.

하루사메는 더욱 목소리를 높였다.

"나…… 코미나토에게 다 들었어! 카미야마에 대해서도, 코미나토에 대해서도……. 예전에 두 사람에게 무슨 일이 있었는지……. 그래서 나도…… 나도 뭔가 할 수 있는 일이 있다면 해주고 싶었어……. 아니……. 해주고 싶은 게 아니야……! 내가 하고 싶어! 하고 싶었어! 왜냐하면…… 왜냐하면 우리는……."

하루사메는 여기까지 말하고 일단 말을 멈추더니 크게 숨을 들이마시고 한순간 주저한 뒤 얼굴을 새빨갛게 물들이고 외쳤다.

"왜냐하면 우리는…… 친구잖아!"

그리고 또 한 사람.

"나도…… 나도 친구야! 카미야마도 하루사메도, 게다가 코미나토도 모두 소중한 친구야! 그러니까…… 힘내, 카미야마!"

이번에는 아라이었다.

그러자 이번에는 많은 관객이, 힘내라, 카미야마! 하고 외쳐댔다.

이것이 과연 아라이가 말했던 '관객을 즐겁게 하기 위해 무대 장치는 중요해' 효과였는지는 나도 모르겠다. 하지만 관객들은 카미야마에게 필사적인 성원을 보냈다.

성원을 받은 카미야마는 처음에 주뼛주뼛 주위를 둘러보며 몸에서 한 번도 보지 못한 대량의 땀을 흘려서 바닥에 작은 물웅덩이까지 만들었지만, 이윽고 한 번 크게 숨을 내쉬더니 결심한 듯 말했다.

"저…… 저기…… 코미나토. 그리고 아라이와 하루사메도……. 오늘은 저를 위해 이런 일까지 해줘서 고마워요. 정말 기뻐요."

나는 조용히 고개를 끄덕였다.

관객들도 카미야마의 말을 듣고자 아까까지 내지르던 환호성을 멈추고 조용히 그녀의 말을 기다렸다.

카미야마는 말을 이었다.

"저, 저는……. 지금까지 계속 그 남자애처럼…… 과거의 코미나토처럼 되고 싶었어요……. 그래서 오늘도 이렇게 종이봉투를 쓰고……."

나는 다시 한번 조용히 고개를 끄덕였다.

"하지만 그러자 이번에는 종이봉투를 쓰는 게 당연해져서……. 쓰지 않으면 부끄러워서……. 그러는 사이에…… 전부 포기하게 되었죠."

밤의 공원. 나와 아라이와 하루사메와 많은 동네 사람에게 둘러싸여 카미야마는 계속 말했다.

"친구나 클럽활동이나 방과 후의 수다나……. 그런 것을 전부 포기했어요……. 하지만 아라이와 하루사메…… 그리고 코미나토를 만나…… 지금까지 포기했던 것을 전부 경험할 수 있었어요……. 그래서…… 그래서 정말로 지난 몇 달 동안 즐거웠어요. 이런 저라도 친구를 사귈 수 있구나. 제대로 클럽활동을 할 수 있구나. 정말 기뻤어요. 그래서 이제…… 이런 말을 하면 화낼지도 모르지만, 이대로…… 종이봉투를 쓴 채로도 좋지 않을까…… 생각했어요……."

나는 다시 한번, 이번에는 깊게 고개를 끄덕였다.

"코미나토……. 저는…… 모두와 제대로 대화를 나눴을까요? 제대로 즐겁게 놀았을까요?"

나는 이번에는 고개를 끄덕이지 않고 카미야마의 종이봉투에 뚫린 구멍에서 엿보이는 눈동자를 똑바로 바라보며 살짝 미소 지었다.

카미야마의 눈동자에 눈물이 고인 모습이 보였다.

투명하고 아름다운 빛깔의 눈물이었다.

나는 그런 카미야마에게 합숙 때 삼켰던 말을 뱉었다. 이번에는 부끄러워하지 않고.

"카미야마. 대화를 잘하고 못하고의 기준은 무엇일까? 확실히 너는 이상하리만큼 부끄럼이 많아. 말을 걸면 땀을 뻘뻘 흘리고, 클럽활동을 견학하러 가서 부원에게 트라우마를 심어주지. 종이봉투를 쓰고 등교하거나, 나를 공원까지 납치하고. 하지만 너는 네 나름대로 서투르게나마 몸 전체로 감정을 표현한다고 생각해. 확실히 대화는 아직 능숙하다고 말할 수 없을지도 모르지만, 말은 전달 수단 중 하나에 불과하잖아? 설령 말로 제대로 전하지 못하더라도 이렇게 모두와 함께 지내보니 네게서 다양한 감정이 전해졌어. 나는 줄곧 그렇게 생각했어. 아라이와 하루사메도 분명 그럴 거야. 그러니까 그 종이봉투를……."

종이봉투를 벗자———. 나는 그렇게 말하려던 입을 황급히 한 손으로 눌렀다.

그런 나를 보고 아라이와 하루사메는 고개를 갸웃거렸다.

카미야마는 오늘 이 추억의 공원에서 우리의 촌극에 용기를 얻었다. 관객들의 성원에 용기를 얻었다. 마지막으로 내 말을 더하면 카미야마는 종이봉투를 벗을 수 있을지도 모른다. 이 수많은 관중 속에서 민얼굴을 드러낼 수 있을지도 모른다.

하지만 정말로 그걸로 될까? 정말로 그걸로 해결일까?

……아니, 아니다.

나는 깨달았다. 이래서야 또 과거의 카미야마와 마찬가지가 아닌가. 만약 이대로 종이봉투를 벗는대도 나라는 타인의 말을 자신의 의사와 관계없이 받아들일 뿐이 아닌가.

그렇다면 내가 카미야마에게 전해야 할 것은──.

나는 크게 한 번 헛기침하고 다시 입을 열어 천천히, 그리고 당당하게 카미야마에게 말했다.

"……하지만 카미야마. 이렇게까지 말했지만, 나는 딱히 네가 종이봉투를 벗든 쓰든 상관없어."

나의 말에 카미야마는 종이봉투를 갸웃거렸다.

"그건…… 무슨 뜻이죠?"

"말 그대로의 의미야. 종이봉투를 쓰고 있어도, 쓰지 않아도 너는 너야. 우리의 관계성은 아무것도 변하지 않아. 게다가 그 종이봉투는 이제 역할을 다했어. 그래서 내게는 그 종이봉투가 투명하게 보여. 실제로 지금도."

나는 거기까지 말하고 카미야마의 옆으로 다가가 나보다 머리 하나는 큰 카미야마를 올려다보았다.

종이봉투 너머에 있는 카미야마의 울며 웃는 듯한 얼굴이 내게는 분명히 보였다.

"지금도 너는 우는 듯 웃는 듯 알 수 없는 표정을 짓고 있지? 내게는 분명히 보여."

나는 그렇게 말하고 방긋 웃었다.

"무…… 무슨 소리예요……? 그럴 리가…… 없잖……아요……."

"봐, 이번에는 놀란 표정으로 바뀌었어."

내가 그렇게 말하자 카미야마는 눈에 눈물이 가득 고인 얼굴로 빙긋 웃었다.

카미야마의 웃는 얼굴이 관객들에게도 전해졌는지 처음에는 작은, 하지만 이내 큰 박수가 되어 우리를 감쌌다.

우리는 박수 속에서 한동안 서로를 보며 웃었다.

지금 내 눈앞에는 카미야마의 종이봉투가 있다. 늘 똑같은 갈색 종이봉투.

카미야마의 종이봉투 속에는 최고로 멋진 미소가 있다.

■ 카미야마와

"———이런, 벌써 시간이 이렇게 됐네. 오늘 클럽활동은 그만 마칠까?"

석양이 비치는 부실에 하교 시각을 알리는 종이 울렸다.

나는 교단에서 내려와 크게 한 번 기지개를 켰다.

가을의 석양이 쏟아지는 이곳 대화부 부실에는 여느 때처럼 멤버들이 있었다. 아라이와 하루사메, 그리고 카미야마.

2학기가 된 지 1주일이 지난 지금도 우리 네 사람은 지금까지와 다르지 않게 대화 연습에 힘쓰고 있었다.

지금까지와 다르지 않은 부실에, 다르지 않은 부원. 지금까지와 같은 일상이었다.

내가 내 가방을 둔 책상으로 다가가려 하자 아라이가 자리에서 벌떡 일어났다.

"아, 코미나토. 나 오늘은 볼일이 좀 있어서 먼저 갈게."

아라이는 그렇게 말하더니 내가 말을 걸 새도 없이 재빨리 부실을 떠났다.

"그, 그, 그래서, 아짱! 사실 오늘은 때마침 우연히 나도 볼일이 있어! 함께해줄래? 뭐~? 아이, 같이 가자! 가는 거다! 그럼 그렇게 되었으니 나도 먼저 갈게! 금방 갈 거야! 정말이야. 정말이라니까! 그럼 내일 또 보자."

이번에는 하루사메였다.

하루사메는 늘 함께 데리고 다니는 마법 소녀 아짱 씨의 등신대 패널에 달린 손을 끌고 내 대답도 듣지 않은 채 바삐 부실을 떠났다.

다들 하나같이 무슨 일일까?

하교 종소리가 울리고 몇 분. 오렌지색 부실에 나와 카미야마 둘만 남겨졌다.

"하루사메 녀석은 대체 어떻게 된 거야……? 어째 이상하지 않았어? 뭐, 그 녀석이 이상한 건 어제오늘 일이 아닌가? 아라이도 뭔가 볼일이 있는 모양이고."

나는 자리에 앉아 있는 카미야마에게 말을 걸었다.

"저…… 저저저저저기…… 그게……."

카미야마는 머뭇거리며 대답했다.

나는 카미야마 쪽을 보았다.

그곳에는 지금까지와 전혀 다르지 않은 카미야마의 모습이 있었다.

머리에는 갈색 종이봉투를 쓰고 정면에 찢은 듯한 구멍에서 눈을 치뜨고 내 쪽을 보고 있었다.

그날.

우리가 공원에 모여 두 가면 형사가 악의 마법 소녀 하루사메를 물리친 날.

카미야마는 "조금 생각해 볼게요"라고 말하며 공원을 떠나갔다.

개학하고 클럽활동이 시작된 지금도 카미야마는 이렇게 종이봉투를 쓴 채 등교하고 종이봉투를 쓴 채 클럽활동에 참여하고 있다.

지금까지와 전혀 다르지 않게.

그녀의 마음속에서 그날의 결론이 어떻게 났는지 나는 굳이 확인하지 않았다.

우리는 할 수 있는 일을 다 했다. 이제 카미야마의 문제라고 생각한다.

따라서 나는 카미야마를 지금까지와 마찬가지로 대했다.

"둘만 남았는데 같이 갈까? 아, 아니면 어디에 들렀다가——"

내가 옆길로 새기를 제안하려 한 그 말을 웬일로 카미야마가 가로막았다.

"저…… 저저저저저기……! 저기! 오늘은 저…… 코미나토에게 할 말이 있어서……."

"할 말? 내게?"

내가 나를 가리키자 카미야마는 갈색 종이봉투를 위아래로 끄덕였다.

"그날은 정말 고마웠어요……. 그 뒤로…… 계속 생각했는데 드디어 답이 나왔어요……. 그래서 오늘은 코미나토가 들어줬으면 해서……. 코미나토와 둘만 남게 해달라고 두 사람에게 부탁해뒀어요……."

그렇구나. 그래서 두 사람이 그런 반응을 보인 거군.

그렇게 말하며 일어선 카미야마의 말은 희미하게 떨렸다.

머리에 쓴 종이봉투는 흠뻑 젖었고, 지금도 교복 치맛자락에서는 땀이 바닥에 뚝뚝 떨어졌다.

카미야마는 커다란 몸에 힘을 주고 굳은 채 양손을 옆에서 꽉 쥐었다.

보고 있는 나까지 긴장이 전해지는 것 같았다.

"아…… 응, 그래서 답은 나왔어?"

내 말을 들은 카미야마는 다시 한번 양손을 꽉 쥐더니 종이봉투를 이쪽으로 향하고 교실의 창문을 등진 뒤 말했다.

"그날, 하루사메와 아라이에게…… 그리고 코미나토에게 용기를 받아서……. 그래서 이 종이봉투를 벗어보려고 해요……. 언젠가는 벗어야겠지요……. 저도 노력해야겠지요……. 하지만…… 한 번은 그렇게 결심했지만, 처음 한 걸음을 내디딜 수 없어서……. 갑자기 모두의 앞에서 종이봉투를 벗을 용기가 나지 않아서…… 그래서———"

그렇게 말한 카미야마는 한번 숨을 들이마시고 휴~ 하고 내뱉었다.

"——그래서 처음에는 코미나토 앞에서 이 종이봉투를

벗어보려 해요……. 코미나토가 보고 자신감이 붙으면 평소에도 벗어볼까……해요. 그러니까……. 그러니까 지금부터…… 제가 이 봉투를 벗는 모습을…… 봐줄……래요?"

그렇구나. 카미야마는 결심했다.

그렇다면 나는 그것에 응해야 한다. 아니, 응하고 싶다.

그런 카미야마에게 무언가를 말해야 한다. 그렇게 생각하여 황급히 할 말을 찾았고, 거기서 처음으로 나 자신도 긴장한다는 사실을 깨달았다.

심장 고동이 급격히 속도를 높였다.

나는 메마른 입술을 적시고자 꿀꺽 침을 삼켰다.

"알았어. 지금부터 네 얼굴을 보여줄래?"

석양을 등진 카미야마의 정면에 서서 나는 그녀를 가만히 기다렸다.

창밖에서는 하교 중인 학생들의 목소리.

카미야마의 등 뒤에 있는 창문에서 쏟아지는 석양.

바닥에 뚝뚝 떨어지는 물방울의 속도.

시곗바늘.

교실의 냄새.

그 모두가 마침내 내게는 다다르지 않게 되었다. 마치 세상에 나와 카미야마 둘밖에 없는 듯했다. 그런 감각에 사로잡혔다.

카미야마는 결심한 듯 긴 팔을 천천히 움직이더니 종이

봉투 끝을 잡고 거기서 움직임을 멈추었다.

실제로는 몇 분이었을지도 모르지만, 내게는 매우 길게 느껴졌다.

카미야마의 팔이, 양손이, 하얀 손가락이 잘게 떨렸다.

이윽고 카미야마의 떨리는 손이 움찔 움직이는가 싶더니 종이봉투를 천천히 위로 끌어올렸다.

천천히 들어 올린 종이봉투. 갈색 종이봉투 속에서 카미야마의 입가가 모습을 드러냈다.

꽉 다문 입술, 종이봉투에서는 뚝 하고 땀 한 방울이 떨어졌다.

그리고 카미야마는 입가만 드러낸 채 일단 멈추고 결심한 듯 종이봉투를 단숨에 벗었다.

나의 눈에——— 민얼굴의 카미야마가 비쳤다.

부끄러움을 견디듯 꽉 다문 입술에 홍조 띤 뺨.

찰랑찰랑 고운 흑발에서는 굵은 땀이 떨어져 부실 바닥에 자국을 남겼다.

키에 비해 앳된 얼굴에는 그 얼굴 가득 부끄럽다고 적힌 듯한…… 아니, 얼굴뿐만이 아니었다. 카미야마의 온몸이 부끄럽다고 외치는 듯했다.

어디를 보면 좋을지 모르겠다는 듯 바닥 언저리를 떠도는 눈동자가 갑자기 내 쪽을 향했다.

꽉 다문 입술이 움직였다.

"오랜만이에요……인가? 아니면, 처음 뵙겠습니다……인가?"

카미야마는 거기서 한번 말을 끊고 쑥스러운 웃음을 지으며 이렇게 말했다.

"이런 저를…… 앞으로도 잘 부탁해요, 코미나토."

카미야마는 나를 향해 기쁜 듯 감사의 말을 하더니 내게 오른손을 내밀어 악수를 청했다.

"그래. 나야말로 잘 부탁해, 카미야마."

나는 카미야마의 손을 잡았다. 부드러우면서 땀에 젖은 감촉이 전해졌다.

손과 손이 맞닿은 순간. 카미야마는 일순 움찔했지만, 이내 내 손을 꽉 잡더니 부끄러운 듯, 쑥스러운 듯했다. 그리고——— 매우 기쁜 듯한 얼굴로 웃었다.

카미야마의 얼굴을 보며 생각했다.

그날, 내가 공원에서 본 미소와 똑같다고.

방과 후. 오렌지색 부실에서 우리는 서로 손을 잡은 채 웃었다.

———하지만.

"저기…… 카미야마……? 슬슬 손을 놓아도 되지 않을까……?"

손을 잡은 채 이래저래 몇 분이 지났다.

그러자 카미야마는 얼굴을 새빨갛게 물들이며 이렇게

말했다.

“미미미미안해요. 저기…… 저기……. 너…… 너무 긴장해서 손을 어떻게 움직이는지 잊어버렸버렸버렸어요……!”

다시 카미야마의 손의 감촉을 확인하자 아까까지 부드러웠던 카미야마의 손이 지금은 마치 금속처럼 딱딱하게 굳어 내 손을 꽉 잡고 있었다.

본인도 오른손에 힘을 주며 어떻게든 손을 떼려는 모양이지만, 완전히 굳은 손은 움직이지 않는 듯했다.

시험 삼아 왼손으로 카미야마의 손가락을 잡고 떼어내 보려 했지만, 역시 꿈쩍도 하지 않았다.

“어쩌지……?”

“어쩌죠……?”

둘이서 곤란해하는데 부실 밖의 복도 쪽에서 작게 목소리가 들렸다.

“어머, 벌써 하교 시간이네……. 어라? 이 교실에는 아직 누가 있나?”

복도에서 나는 목소리는 말이 채 끝나기도 전에 우리가 있는 이 부실의 문을 열었다. 열린 문에서는 방과 후 순찰 중이었을 담임 선생님이 나타났다.

그 순간.

아까까지 굳었던 카미야마의 손이 활짝 펴졌다.

카미야마는 엄청난 속도로 문 쪽에 등을 지더니 유려한

동작으로 주머니에서 종이봉투를 꺼내어 머리에 뒤집어썼다. 돌아보며 튄 땀이 내 얼굴에 묻었다.

그리고 익숙한 손놀림으로 눈 부분을 손으로 찢더니 문 쪽으로 돌아섰다.

"어머, 아직 있었니? 벌써 하교 시간이니 얼른 집에 가렴."

담임 선생님은 그렇게 말하더니 문을 드르륵 닫고 가버렸다.

카미야마가 종이봉투 속에서 떨리는 목소리를 냈다.

"저기…… 저기……. 다른 사람 앞에서는 아직 부끄러워서 저도 모르게 반사적으로……."

그런 카미야마가 나는 어쩐지 우습고 귀여워서 나도 모르게 웃고 말았다.

"아하하, 딱히 괜찮아. 덕분에 악수도 풀렸고. 조만간 분명 모두의 앞에서도 벗을 수 있게 될 거야. 천천히 하자, 천천히. 알겠지?"

"……아, 네. 고마워요…… 코미나토……. 언젠가…… 언젠가 꼭 언제든 종이봉투를 벗을 수 있게 될 거예요. 그러니 그때까지 함께해줄래요……?"

나는 대답 대신 미소를 지으며 고개를 끄덕였다.

"자…… 그럼 집에 갈까? 아, 네가 종이봉투를 벗은 기념으로 어딜 좀 들를까? 오늘은 둘뿐이니 내가 쏠게. 그 녀석들에게는 비밀이야."

나는 그렇게 말하고 내 가방을 든 뒤 교실 문을 향해 걸어갔다.

등 뒤에서 카미야마의 목소리가 들렸다.

"아…… 기다려요. 저기…… 실은, 아라이랑 하루사메에게도 보여주고 싶어서…… 그래서…… 저기…… 그게……."

"응? 무슨 말을 했어?"

나는 카미야마의 말을 기다리지 않고 교실 밖으로 발을 내디뎠다.

그곳에는. 두 사람의 그림자와 마법 소녀 패널 한 장이 있었지만, 지금의 내게는 아직 보이지 않았다.

그 뒤, 나는 네 개의 크레이프를 사게 되었지만, 이런 학교생활도 나쁘지 않겠지. 아마도.

작가 후기에 들어가며

"안녕, 코미나토?"

어느 봄날 아침.

등교 중에 내 등 뒤에서 말을 건 사람은 아라이였다. 교복을 잘 갖춰 입고 오늘도 내게 방긋방긋 미소 지었다.

"안녕, 아라이?"

내가 아라이에게 인사를 하자 아라이는 내 옆에 나란히 서서 걸었다. 오늘도 미소만은 멋지다.

"아…… 아아아아안녕! 안녕! 안녕! 안녕하세요…… 코미나토……!"

억양이 이상한 목소리가 들린 쪽을 보자 그곳에는 카미야마가 있었다.

오늘도 머리에 종이봉투를 쓰고 교복을 흠뻑 적셨다. 치맛자락에서 뚝 떨어진 물방울 하나가 통학로의 아스팔트를 적셨다.

카미야마는 어색하게 총총 우리 곁으로 뛰어왔다.

"안녕, 카미야마?"

내가 카미야마에게 인사를 하자 카미야마는 나와 아라이의 옆에 나란히 서서 걸었다.

내게 인사하는 것만으로도 필사적으로 노력했으리라.

어제보다 한 번 덜 더듬은 것 같은데. 아마도…….

통학로에 많은 학생 틈에 섞여 우리 세 사람이 나란히 걷는데 갑자기 뒤에서 익숙한 목소리가 귀에 날아들었다.

"그러고 보니 아짱. 오늘 숙제했어? 실은 부탁이 있는데……."

목소리가 난 쪽을 돌아보자 그곳에서는 하루사메가 조금 곤란한 표정을 짓고 있었다. 여느 때처럼 체크무늬 치마를 보란 듯이 짧게 입고 여느 때처럼 분홍색 카디건을 헐렁하게 걸쳤다.

"있잖아. 아짱은 영어를 잘하잖아? 내가 숙제를 깜빡했지 뭐야. 좀 보여줄래? 부탁이야!"

뭐야. 저 녀석도 뒤에 있었어? 내가 하루사메에게 말을 걸려던 때. 하루사메의 옆을 걷던 여학생이 나보다 빨리 부드러운 말투로 대답했다.

"아이…… 하루는 늘 그렇게 내게 의지한다니까……. 안 돼. 직접 해야지."

"그러게……. 역시 숙제는 직접 해야 해. 아, 그럼 교실에 도착하면 알려줘. 나…… 영어를 못해서 전혀 모르겠어."

"못 말려…… 또 그렇게 말하면서 결국 다 볼 셈…… 아, 얘들아, 안녕?"

하루사메의 옆에 있던 여학생은 우리를 알아채고 이쪽을 향해 손을 흔들었다.

"안녕? 하루사메, 아짱."

내가 인사하자 두 사람은 내 옆에 나란히 서서 걸었다. 오늘도 사이가 좋아 보여서 다행이다.

"안녕, 하루사메랑 아짱? 오늘 클럽활동도 기대된다."

아라이가 그렇게 말하며 미소 지었다.

"아아아안녕하세요…… 하루사메, 아짱. 클럽활동, 열심히 해요……!"

카미야마가 그렇게 말하며 아마 미소 지었을 것이다.

대화부의 모든 부원이 때마침 다 모인 그때.

멀리서 수업 시작 5분 전을 알리는 종소리가 들렸다.

"오, 서두르지 않으면 지각하겠어."

나는 모두에게 말을 걸고 학교 쪽으로 서둘렀다.

오늘도 클럽활동을 하는구나……. 뭐, 일찍 집에 가봤자 딱히 할 일도 없고. 적당히 힘써 볼까!

자, 그럼 진짜 작가 후기입니다.

다양한 상담에 응해주신 편집자 K님.
멋진 일러스트를 제공해주신 neropaso 님.
이 책과 연관된 관계자 여러분.
그리고 이 책을 구매해주신 여러분.
진심으로 감사드립니다.

또 뵙게 될 날을 기대하며 물러가겠습니다!

에노시마 아비스

카미야마의 종이봉투 속에는 1

2021년 7월 1일 1판 1쇄 발행

저 자 에노시마 아비스
일러스트 neropaso
옮 긴 이 조민경
발 행 인 유재옥
본 부 장 조병권
편 집 1 팀 박서연 이준환
편 집 2 팀 박치우 정영길 조찬희
편 집 3 팀 곽혜민 오준영
라이츠담당 한주원
디 지 털 박상섭 이성호 최서윤
미 술 김보라 서정원
발 행 처 ㈜소미미디어
인쇄제작처 코리아피엔피
등 록 제2015-000008호
주 소 서울시 마포구 토정로222, 403호 (신수동, 한국출판콘텐츠센터)
판 매 ㈜소미미디어
마 케 팅 이주희 최정연 한민지
전 화 (02)567-3388, Fax (02)322-7665

ISBN 979-11-6611-993-4 04830
ISBN 979-11-6611-992-7 (세트)